「ス・ランバット、
これも何かの御縁なので
友達になりましょうっ！」
それが、自分にとって初めて『友達』と呼べる少女の名だった。

ミリス・ランバット
レイドたちと同じクラスで魔法士を目指す少女。
田舎出身のぼっち属性だったがエルリアと友達になる。
アルマ・カノス
特級魔法士にしてヴェガルタ魔法
学院の教官を務める女性。
かつて『英雄レイド』に仕えていた
家系の末裔でもある。

ノルン・ランバット
第一世界におけるミリスの子孫にあたる少女。
ランバットの末裔として『楽園』の管理者を務めている。
エルリア・カルドウェン
かつて『賢者』と呼ばれた魔法士の始祖たる美少女。
千年前は好敵手で現在は婚約者であるレイドが大好き。
第一世界で唯一の安息地『楽園』——
敵地に殴り込んでるはずが、
まさかの温泉でまったり!?

蒼氷が反射する光に照らされて輝く銀髪。
魂さえも凍えさせる蒼氷よりも冷たい、深い海のような色を湛えた瞳。
その容姿は今も連綿と人類の間で語り継がれている。
世界に終焉をもたらす者として、
その凶名が人類の魂に刻まれている――
「――『魔王』」

英雄と賢者の転生婚 5

～かつての好敵手と婚約して
最強夫婦になりました～

藤木わしろ

HJ文庫
1167

口絵・本文イラスト　へいろー

序章

私の身の上は、聞く者によっては羨《うらや》む境遇《きょうぐう》だったかもしれない。

「――おじさん、お金落としたよ」

幼い頃《ころ》、私は村に来ていた男に声を掛《か》けた。

私の言葉を聞いて、男は怪訝《けげん》そうに眉《まゆ》をひそめながら振《ふ》り返った。

「ああ？　この村じゃ見たことないガキだな？」

「ずっと村にいたよ。家から出てなかっただけ」

「そういや……なんか村長から聞いたことあったかもしれねぇな。両親から安くてもいいからガキを引き取ってくれないかって、しつこく相談されて困ってるってよ」

貧相《ひんそう》な私を見ながら、男はゲタゲタと笑い声を上げて言った。

当時の私はみすぼらしい姿だったことだろう。

日々の食事さえもままならず、栄養失調によって成長が止まった身体。

寒村の子供とは思えない白い肌《はだ》。

そして子供に聞かせるような話ではなかったが、男の言葉は正しかった。

私は村の人間だけでなく、両親にさえ疎《うと》まれていた。

劣悪《れつあく》な環境《かんきょう》だけでなく、生来私の身体は虚弱《きょじゃく》なものだった。

他の子供たちが物心ついた頃から村の仕事を手伝う中、私は時折外出するだけで体調を崩《くず》してしまうため、村の仕事を手伝うことさえできなかった。

将来的には村を出て帝都《ていと》の兵士に志願するのが通例だというのに、虚弱な体質であった私の未来は不透明《ふとうめい》で、成人前に病で命を落とす可能性さえもあった。

だから、その前に両親は私を奴隷《どれい》商人に売り払《はら》いたかったのだろう。

私が消えれば食《く》い扶持《ぶち》が浮《う》くだけでなく、僅《わず》かながら金も手に入れることができる。

それで新しく健康で丈夫《じょうぶ》な子供を作り、その子供を兵士として帝都に送り出し、仕送りや見舞金《みまいきん》によって貧困《ひんこん》生活から脱《だっ》することを夢見ていたのだろう。

そんな心情を子供ながらに私は理解していた。

だから——私はこうして行動に移した。

「拾った金を馬鹿正直に渡《わた》してくる間抜《まぬ》けときたもんだ。黙《だま》って金を持って帰っていれば、少しはお前の両親も褒《ほ》めてくれただろうによ」

「……だけど、銀貨千枚分の金貨を失くしたらおじさんも困るでしょ？」

そう私が答えると、男の表情が大きく変わった。

「……お前、この金貨の価値が分かってんのか？」

「銀貨千枚分で合ってるよね？」

「どうして銀貨千枚だって知ったんだ？」

「村長が別のおじさんから金貨で食糧《しょくりょう》をたくさん買って、村の人たちに分けてた。その時に俺《おれ》たちの家は村長に銀貨を払って、村は三ヵ月くらい安定して過ごせた。それと両親が支払《しはら》った銀貨の枚数、村にいる家族の数で考えたら千枚くらいになるかなって」

「……親に何か教わったのか？」

「違《ちが》うよ。いつも家の中で一人だから、何か役に立つかと思って色々と考えてたんだ」

遠い寒村において、読み書きや計算を習得している者は少ない。

それらが行えるのは村の顔役である村長、定期的に訪《おとず》れる行商人との交渉役《こうしょうやく》の人間であり、その者たちは他の家と比べて多少余裕《よゆう》のある生活を送っていた。

だからこそ、私は考えた。

虚弱で外に出ることはできなかったが、思考する時間は十分にあった。

その中で余裕のある人間と貧困に喘《あえ》ぐ自身の家庭を照らし合わせ、肉体労働に従事せずとも金銭を貰《もら》い受ける者がいると理解した。

だからこそ、私はその道に進むことを選んだ。

「おいガキ、お前は今年でいくつになった？」

「六歳《さい》になった。単純な計算だけじゃなくて簡単な文字の読み書きはできるし、多少教えてもらえたら早く分かると思う」

「ハハッ！　なるほど、これは面白《おもしろ》い『客』じゃねぇかッ‼」

そう男は愉快《ゆかい》そうに笑ってから、私を真《ま》っ直《す》ぐ見つめながら告げた。

「今の話を聞かせた上で、お前はどうするつもりだ？」

男が興味を持ったと確信したところで、私は静かに告げた。


「――俺を、奴隷として買ってほしい」


そうして、私は自分自身を奴隷商人に売った。

その選択《せんたく》が最善だと分かっていた。

このまま村に残ると、私は『無能』な人間として朽《く》ち果てるしかない。

他者の言葉と安い金で売り飛ばされると、自身の価値を正しく提示できない。

だから私は自分の意思で、自分の価値を提示した。

労働力や玩具《おもちゃ》として扱《あつか》う以外に、何か他の使い道があるかもしれないと可能性を提示することで未来を広げた。

そんな私の思考を体現するように、その後の人生は大きく変わった。

私は奴隷商人によって仕込《しこ》まれた知識を与《あた》えられるがままに吸収し、その才覚を売り文句とし、研究に明け暮れて助手を求めていた帝都の学者に紹介《しょうかい》されて買われた。

日々の食事に困ることもなく、薄汚《うすよご》れた衣服を着ることもなく、崩落《ほうらく》寸前の小屋のような家で飢《う》えと寒さに震《ふる》えることもなく、真っ当な人間として生きることができた。

学者の助手として仕事を果たしながら、その中で得られた知識を吸収していき、自身の中にあった知的欲求に従って様々な知識を集めていった。

その『未来』が私には分かっていた。

だから私は何一つとして迷うことはなかった。

やがて私は『無能』ではなく、人々に与えられた新たな称号《しょうごう》で呼ばれるようになった。

数多《あまた》の知識を携《たずさ》え、世の摂理《せつり》を理解し、神々に等しい知慧《ちえ》に到達《とうたつ》した者。

それが――『賢者《けんじゃ》』と呼ばれた、レイド・フリーデンという男だった。

一章

ディアン率いるアルテイン軍の侵攻《しんこう》から一ヵ月。

レイドたちは本拠地《ほんきょち》としていたパルマーレ魔法《まほう》学院に集まっていた。

「――今から『世界樹』の稼働《かどう》結果を報告する」

そう面々に告げてから、エルリアは両手で大きく丸を作った。

「はなまる大成功」

「おー、異常とか小さな問題も出なかったのか？」

「うん。継続《けいぞく》稼働させせないと分からない問題が何個かあったけど、一ヵ月の経過観察で何も問題は出なかったから、確実に成功したと言っていい」

「そりゃよかった。こっちとしてもエルリアが頑張《がんば》ってたのは見てたしな」

「すごくがんばった」

ふんふんと頷《うなず》くエルリアに対して、レイドは労《ねぎら》うように頭を軽く撫《な》でる。

そんな二人の様子を見て、深々と溜息《ためいき》をつく人間がいた。

「……俺は何を見せられてんだ」

「いいねぇディアンくん、初見の反応としては満点だよ」

「『英雄《えいゆう》』と『魔王《まおう》』の関係性を知っていれば当然の反応だろうが。むしろ俺たちよりお前の方が長く見てきたはずだろ、ウォルス・カルドウェン」

　頬杖《ほおづえ》を突《つ》きながらディアンは小さく舌打ちする。

「そもそも、なんで魔王が英雄の膝《ひざ》の上に乗りながら頭を撫でられてんだよ」

「頑張ったんだから労ってやるのは当然だろ」

「レイドの膝上《ひざうえ》は座《すわ》り心地《ごこち》がいい」

「違《ちげ》ぇよ。こっちは慰労《いろう》精神とか感想とかを聞いてるんじゃねぇんだよ。経過報告と今後の動きについて確認《かくにん》する会議の場だってのに、そこの二人が仲良くよろしくやってる姿を見てなんで他の奴《やつ》らは何も言わないのかって訊《き》いてんだよ」

「「「もう慣れた」」」

「慣れるほど日常的な光景ってことかよ……」

　何かを諦《あきら》めたのか、ディアンは眉間《みけん》のシワを伸《の》ばしてから顔を上げる。

「それで、改めて『第一世界』の状況《じょうきょう》について話せってことだったよな」

「おう。合間で色々と聞いてたけど、この場にいる面々で現状確認しておきたくてな」

「てめぇら二人とウォルス、それと遺跡《いせき》で見かけた黒髪《くろかみ》女は良いとして……そこに座っているガキ二人に聞かせる必要があんのか？」

そう、ディアンは怪訝そうに視線を向ける。

緊張《きんちょう》した面持《おもも》ちで着席しているミリスとウィゼル。

ディアンの言う通り、学生である二人は明らかに場違《ばちが》いだと言っていいだろう。

だが、二人が参席しているのには理由がある。

「この二人も今回の計画に連れて行くからな。事前知識は持っておかないと困るだろ」

「……ガキ二人を俺らの第一世界に連れて行くとか正気か？」

「おう。ウィゼルはお前たちの自爆《じばく》術式を無力化する機構を考えた張本人だし、今回の一件で鹵獲《ろかく》した兵器の技術や機構について正しく理解している。だから現地での魔装《まそう》具の調整や整備担当として同行させることにした」

「……付《つ》け焼刃《やきば》の知識、そしてオレ自身は力不足だと承知しているが、こちら側の人間で最も知識がある技術者として助力になりたいと思っている」

「チッ……まあいい。眼鏡のガキについてはブラッキオから報告は受けているし、そういう魂胆《こんたん》で教《おし》え込《こ》んでいたなら話を聞くのも納得《なっとく》だ」

だが、とディアンは隣《となり》に座るミリスに目を向ける。

「もう一人のガキは誰《だれ》だ？」

「田舎《いなか》出身、王都在住の一般人《いっぱんじん》ですッ!!」

「帰れ」

「呼び出された理由も分からないまま帰れとッ⁉」

「そいつも同行予定だから聞かせてやってくれ。お前から聞いていた話の通りなら関係者ってことになるし、むしろ一番状況を理解しないといけない奴なんだ」

「クソったれが……一番会話が疲《つか》れそうな奴じゃねぇか」

　悪態をつきながらも、ディアンは座っているミリスに向き直る。

「それならお前の方から質問しろ。それに俺が全部答えてやる」

「うーん……さっきの『第一世界』っていうのは何ですか？」

「俺たちが辿《たど》ってきた時間軸《じく》の世界のことだ。その後に分岐《ぶんき》して独立した時間軸……お前らの生きる世界を俺たちは『第二世界』と呼んでいる」

　テーブルに置かれた果物を手に取り、粗雑《そざつ》に頬張《ほおば》ってからディアンは話を続ける。

「本来なら、時間軸が分岐して独立すること自体があり得ねぇことだがな。過去に戻《もど》った奴が何か手を加えて未来を変えようとしたところで、世界の理《ことわり》は必ず同じ結果に向かって収束するように定められているもので──」

「もうちょっと分かりやすくお願いしますッ！」

「……仮に時間を遡《さかのぼ》って過去を変えても、本当なら未来の結果は変わらないって話だ。だが『英雄』と『魔王』っていう世界の理を捻《ね》じ曲げる二つの存在が同時に過去へと戻ったことで、独立したもう一つの世界が生まれる形となって――」

「あと少し分かりやすくお願いしますッ!!」

「そこでイチャついてる二人のせいで世界がもう一つ増えた」

「とても分かりやすい言葉をありがとうございますっ!!」

「それで納得するのかよ……」

「二人が絡《から》んだ時点で全ての物事に納得するような思考になったものでして」

「これが教育の賜物《たまもの》」

「むしろ洗脳みたいだな」

「とりあえず元凶《げんきょう》の二人は黙っとけ」

頷き合うレイドたちを見て、ディアンは深々と溜息をつく。

「それじゃ……私やウィゼルさんを同行させるって話でしたけど、ディアンさんだったり他の人を同行させるのはダメなんですか？　何も知らない私たちが情報をもらって向かうより、現地の人に案内とかしてもらった方が確実だと思うんですけど」

「無理だ。他の奴らはともかく、確実に俺だけは戻るわけにはいかない」

そう答えながら、ディアンは忌々《いまいま》しそうに表情を歪《ゆが》める。

「俺は『英雄』なんて馬鹿げた力を持ってるが、その魔法には皇帝《こうてい》の命に逆らえないような機構が組み込まれている。反逆を起こしたら国だろうと一夜で潰《つぶ》せる存在だからな」

「つまり……一緒《いっしょ》に行っても、自分の意思に関係なく敵になるってことですか？」

「そういうことだ。他の兵士についても、一定の権限を持つ人間が命令を下せば自爆術式が作動するようになっている。連れて行っても術式を起動されて犬死にするだけだ」

今、それらを免《まぬが》れているのはディアンたちが第二世界側にいるためだ。

しかし協力者として第一世界に戻れば、再び影響《えいきょう》を受けることになる。

「だから情報こそ提供してやれるが、俺たちは作戦に参加できねぇってことだ」

「ついでにボクが同行することも難しいねぇ……。ウォルスの記憶継承魔法《きおくけいしょうまほう》は『魔王』だった頃のエルリアちゃんが作り出したものだし、その魔力《まりょく》が溢《あふ》れている第一世界側だと何が起こるか分からない。下手したらディアンくんと同じく敵に回るかもしれないしね」

「エリーゼだけじゃなく、あたし以外の特級魔法士が出向するのも難しいわね。いくら特級魔法士でも魔法対策が行われている相手だと戦力が大幅《おおはば》に下がるし、それに対応した戦《せん》闘《とう》経験も圧倒的《あっとうてき》に足りないし、戦闘補助くらいが限界だもの」

二人の言葉に合わせて、アルマが溜息をつきながら頭を掻《か》く。

それらの事情だけではない。

今回のような襲撃《しゅうげき》は一度で終わるものではない。

「指揮官だった俺が第一世界に帰還《きかん》していない以上、作戦は失敗したと見なされて今頃《いまごろ》は第二次襲撃作戦が想定されている段階だ。例外である二人を除いた第二世界の戦力がその黒髪女程度なら、複数人で『英雄』相手に時間稼《かせ》ぎができるかどうかってところだ」

「あたしたち魔法士の頂点なんだけどねぇ……」

「この時代で頂点だろうが、俺らからすれば時代遅《おく》れの魔法技術だ。多少第一世界とは違う形に発展してるが、無数に対策を用意して潰せる程度の能力でしかねぇよ」

「まぁ足止めできるだけ及第点《きゅうだいてん》とも言えるね。第二世界に戦力を残しておけば、第一世界に渡るレイドくんたちが戻ってくるまでの時間稼ぎができるわけだから」

だからこそ、今回の作戦は最大かつ最小戦力で臨《のぞ》む形となった。

レイドとエルリアという最大戦力を第一世界に投入して迅速《じんそく》に遂行《すいこう》する。

だが、そのために対処すべき相手は多い。

「それに向こうにはヴィティオスがいるからな。今回の世界侵略《しんりゃく》もあいつの発案ってことだったし、無茶《むちゃ》な侵略を二度、三度くらい決行してもおかしくない」

千年前、レイドが『英雄』として生きていた時代に仕えていた皇帝ヴィティオス。

ヴィティオスは暴君や愚帝《ぐてい》とさえ言える悪政を行っていたが、皇帝という立場と自身を支持する家臣たちを抱《かか》え込むことで、『皇帝』の座を五十年以上も維持《いじ》していた。

しかしレイドの死後、『英雄』と『賢者』の部下によって構成された反乱軍によって帝《てい》国《こく》は滅《ほろ》ぼされ、帝国を捨てて逃亡《とうぼう》したヴィティオスは行方《ゆくえ》不明となっていた。

だが――ディアンからの情報提供によって、その行方を確定することができた。

「そういや、ヴィティオスの野郎《やろう》は第一世界でも玉座の上であぐらかいてるのか？」

「……てめぇの口振《くちぶ》りからして、それくらい簡単に想像できんだろ？」

「おう。自分の身と地位が何よりも一番、自分じゃ何もできないくせに態度だけは一人前のクソ野郎、ただ血筋で与えられた『皇帝』って地位と権力を振りかざす野郎のくせに、妙《みょう》なところだけ狡賢《ずるがしこ》くてタチの悪いクズだからな」

「レイドさん、元々仕えていた君主に対して容赦《ようしゃ》ないですね……っ!!」

「何十年も相手にしてきたせいか、今でも思い出すだけ鬱憤《うっぷん》が溜《た》まるくらいだからな」

ヴィティオスの傲慢《ごうまん》な振る舞《ま》いと無謀《むぼう》な計画によって、兵士だけでなく帝国の臣民たちが犠牲《ぎせい》になることも少なくなかった。

「……その言葉通りってところだが、向こうでは皇帝よりも立場が上だ」

ディアンは苦々しい表情と共に、第一世界に渡ったヴィティオスの現状を語る。

「俺たちは第二世界に渡って『魔王』の暗殺を行ったが、そもそも時間軸が分岐していたせいで第一世界の現状は何も変わらなかった。だから失った『英雄』の魔法を復元するっていう形に方針を変えて、ヴィティオスに接触《せっしょく》して話を持ち掛けたわけだ」

「その魔法を復元するために、俺の『剣《けん》』をヴィティオスに回収させたのか」

「そうだ。第一世界におけるヴィティオス・アルテイン皇帝は、前皇帝から引き継《つ》いだ国土拡大計画を引き継ぎ、大陸の半分以上を手中に収めるという最大の功績を持つ偉人《いじん》として語《かた》り継がれている。だから俺たちにとって信用のおける人間のはずだった」

それはあながち間違《まちが》いではないのだろう。

機械技術に長《た》けていたアルテインは、他国と比べて頭一つ抜《ぬ》けた戦力を有していた。

第一世界の時間軸には『英雄』と『賢者』というイレギュラーが存在していなかったことから、アルテインは順当に領土を拡大して大陸の統一を果たしたのだろう。

しかし……他者を蔑《ないがし》ろにするという悪習が正されることがなかったからこそ、『魔王』という存在が生まれて世界は破滅《はめつ》の道を辿ることになった。

「そういった過去の功績に加えて、『英雄』を復元するための『剣』を持ち帰ったことから、向こうでは皇帝以上の権力を持つ現人神《あらひとがみ》みたいな存在として扱われている状況だ」

「そりゃ余計に増長してやがりそうだな」

「てめぇの察した通りだ。過去の功績、そして実際に新たな『英雄』を作り出せたこともあって、帝国の重鎮《じゅうちん》たちはヴィティオスに不信感を抱《いだ》くどころか妄信《もうしん》してやがる」

世界が破滅に向かっている中、僅かではあるが希望を見出《みいだ》すことができた。

その状況をもたらしたのが過去に偉大《いだい》な功績を持つ人物であれば、誰もが盲目的《もうもくてき》に信じて従うようになっても頷けるというものだろう。

「だが、実際は現状維持に留《とど》まっている程度だ。『英雄』の魔法に適合したのは俺を含《ふく》めて三人、その内の一人と俺が大陸の最前線で『災厄《さいやく》』の対処に当たっていたが、事態は好転せず『英雄』以外の人的被害《ひがい》が出てジリ貧《ひん》みてぇな状況だ」

「だからアルテインらしく、第二世界を侵略して移住する計画に変更《へんこう》したってことか」

「そういうことなんだろうよ。ヴィティオスが第一世界に渡ってきたのは十年前ってところだが、そこから何も状況が変わらないから方針転換《てんかん》ってことでな」

「……まぁ、そこらへんも建前なんだろうけどな」

レイドの知る『ヴィティオス』という人間は高尚《こうしょう》ではなく、むしろ俗物《ぞくぶつ》的な人間だ。

第一世界に渡った、当時の年齢《ねんれい》からさらに十年が経過しているということを考えると、既《すで》にヴィティオスは老齢《ろうれい》へと達していることになる。

第一世界に渡ったことで以前よりも崇高《すうこう》な地位を手に入れることができたものの、事態は一切《いっさい》好転することがなく、自身に残された寿命《じゅみょう》も限られている。

だからこそ、自分自身が最高位となっている状況を維持するため、第二世界の侵略という方針に切り替《か》えたというのが本懐《ほんかい》だろう。

「大陸に蔓延《はびこ》っている『災厄』たちの対処はともかく、アルテインのクソ共まで相手にしないといけねぇのが現状だ。それこそブッ殺せばいいなら話は早いが――」

「だけど、お前はそんなこと望んじゃいないわけだろ？」

レイドが問いかけると、ディアンは無言のまま頷く。

「……今まで多くの奴らが死んでいく姿を見てきた。それなのに、俺は魔法に適合したって理由だけで『英雄』になって、そいつらを眺《なが》めながら生き延びてきたんだ」

その心情をレイドは理解することができる。

強大な力によってレイドは死を免れてきたが、それは限られた人間の話でしかない。

多くの人間は才覚や力を持たず、それ故《ゆえ》に死を免れることができずに命を失う。

そんな不平等を見せられながら生き残り、他者の死を眺めながら積み重ねながらも、自身に与えられた役割のために目を瞑《つぶ》らなくてはならないこともあった。

だからこそ、余計に他者の死というものを強く意識する。

そうして死を回避《かいひ》するために力を使うようになり、それが行動理念となり、他者の死よりも多くの者たちを生かして守り抜いた者が――やがて『英雄』と呼ばれるようになる。

「偶然《ぐうぜん》じゃなくて、それを理解していたからお前は『英雄』に選ばれたんだろうさ。お前にだったら命を預けてもいいって他の奴らが思って付いて来たようにな」

「ハッ……本物の英雄様だからって慰《なぐさ》めてんのか？」

「俺がそうだったってだけの話だ。ジジイの昔話くらいに思えばいい」

「それなら……そうだったかもしれねぇとでも思っておいてやるよ」

珍《めずら》しく、ディアンは口元に小さく笑《え》みを浮かべる。

そんな会話の最中、ミリスがぴしっと手を挙げた。

「はいっ！　まだ私の中で最大級の謎《なぞ》がありますっ！」

「言ってみろ、金髪娘《きんぱつむすめ》。お前が一番の不安要素だから疑問は全部解消しておけ」

「レイドさんたちから同行を打診《だしん》された時、ウィゼルさんと同じで何か力になればいいと思って承諾《しょうだく》しましたけど……本当に私でいいんでしょうか？」

不安そうに眉を下げながらミリスは言う。

「私は魔法士としても未熟ですし、ウィゼルさんみたいに特定分野の技能や知識もありませんし……自分で言うのもなんですが、足手まといにしかならないと思うんですけど」

ミリスは学院が特待生として認めるほど魔力に秀《ひい》でており、その後におけるエルリアの指導によって一般《いっぱん》の生徒よりも実践的《じっせんてき》な思考や行動などを学んでいる。

しかし、他の魔法士たちより大きく優《すぐ》れているとは言えない。

圧倒的な戦力であるレイドとエルリアがいるとはいえ、第一世界の状況が不明瞭《ふめいりょう》である以上、ミリスを同行させれば些細《ささい》な事故で命を落とす可能性もある。

それこそ同行させるのであれば、アルマと同じく特級魔法士としての位を持つ実力者か、その実力に近しい等級の人間を連れて行くべきだろう。

「もしかして……実は私にも秘《ひ》めたる力とか眠《ねむ》れる才能があったりしますっ⁉」

「ねぇぞ」

「私の淡《あわ》い希望が秒で粉砕《ふんさい》されましたよッッ‼」

「俺たちの第一世界における『ミリス・ランバット』って人間は、秘境とさえ言われていたノアバーグで羊や牛たちに囲まれながら過ごしていたって伝わっているからな」

「そして別世界でもエリート田舎民ッッ‼」

普段《ふだん》の調子でミリスが机を叩《たた》こうとした時――不意に拳《こぶし》を止めて首を傾《かし》げた。

「……あれ？　なんでそんな私のことが伝わっているんですか？」

「ああ？　そこの二人には事前に説明しておいたし、ウォルス・カルドウェンも第一世界の要人だったからミリス・ランバットを学院に誘致《ゆうち》したって聞いてるぞ」

そうディアンも首を傾げたところで、レイドたちは大きく頷いて声を揃《そろ》える。

「「ミリスの反応が面白そうだったから黙ってた」」

「これがこの世界における私の扱いですッ!!」

「……ああ、つまり俺の方から改めて説明しろってことだな」

何かを察したように呆《あき》れながらも、ディアンは表情を改めてから語る。

「現状、第一世界で魔力汚染《まりょくおせん》を免れている地域は全てアルテインの管理下にある。お前たちが次元孔《こう》を使って第一世界に渡っても、確実にアルテイン側は察知してお前たちを潰しに来るし、第一世界の人間がお前たちに協力することは一切ない」

そう語りながら、ディアンはエルリアに視線を向ける。

世界を破滅に導いた『魔王』と呼ばれる存在。

その張本人であるエルリアが再び第一世界に渡って来たと分かれば、第一世界側の人間は総力を挙げてエルリアの対処と殺害のために動き出すだろう。

その動きにレイドたちが応戦すれば、不要な犠牲を生むことになる。

「だが……その中で唯一《ゆいいつ》アルテインの管理下から外れた地域がある」

「そんな場所があるんですか?」

「俺たちの間では『楽園』と呼ばれている場所だ。その土地は魔力汚染の影響を一切受けず、魔王の化身《けしん》である『災厄』たちも手出しすることはなく、滅んでいく世界の中で今も千年前と同じ環境が保たれていると聞いている」

「……聞いている？」

「『楽園』に立ち入れるのは元々土地に住んでいた原住民だけで、アルテイン側は一方的に認知《にんち》しているが実際に立ち入った人間は誰もいない土地だからだ」

そこまで語ってから、ディアンは静かに顔を上げる。

「その『楽園』は過去にノアバーグと呼ばれていた地域であり……そこで暮らしていた一人の少女と魔王は契約《けいやく》を交《か》わし、その少女は『楽園』の管理者として選ばれた」

御伽話《おとぎばなし》のように、ディアンは魔王と少女の関係について語ってから――

「――『ミリス・ランバット』、それが初代『楽園』管理者の名前だ」

そう、目の前に座っているミリスに向かって告げた。

◇

全体でディアンから第一世界の状況を共有された後。

レイドたちは王都に出て、遠征《えんせい》の準備を進めていた。

「レイド」

「どうした、エルリア？」

「歯ブラシの毛は硬《かた》いのと柔《やわ》らかいの、どっちが好き？」

「どっちかと言えば柔らかめだな」

「わたしも柔らかいのが好き」

「そうだと思って同じやつを二つ買っておいたぞ」

「ん、お揃いでいいと思う」

紙袋《かみぶくろ》を抱えながら、エルリアが満足そうにふんふんと頷く。

今回の遠征は最短一ヵ月、最長三ヵ月の予定となっている。

エリーゼとディアンの二人から第一世界の様子については聞いているが、実際に確認しなければ判断できない部分も多い。

まずは現地調査のために赴《おもむ》き、現在におけるアルテインの状況や動向の把握《はあく》、世界を蝕《むしば》んでいる魔力汚染の状況確認《じょうきょうかくにん》を行う運びとなった。

新しい『英雄』を含むアルテイン軍の対処は可能か、既存《きそん》の知識で『魔王』の魔力汚染を食い止めて環境を改善することが可能か、それらを現地で判断して早期改善が可能、早《さっ》急《きゅう》に対処が必要だと判断すれば期間を延長して対処を行うことになる。

『楽園』を目指して活動拠点《きょてん》とするのが最優先事項《じこう》だが、それまでは基本的に野営を行うことになるだろう。

「ついでに歯ブラシの柄《え》は適度に硬いやつを選んだから、削《けず》れば狩猟具《しゅりょうぐ》にも使えるぞ」

「良い選考基準。もし使えなくなっても歯磨《はみが》きなら指でもできるから」

「それ聞くと行軍中に塩で歯磨きしてたことを思い出すなぁ……」

「わたしもやってた。最初はしょっぱかったけど途中《とちゅう》で慣れた」

「何事も慣れたら気にならないもんだしな。それに塩さえあれば味の悪い野草や虫も無理やり食えるようになるし、小袋《こぶくろ》くらいの大きさで全員に持たせておこうぜ」

「そのつもりで塩を買っておいた」

「助かる。塩だけは絶対に必要だもんな」

「塩は全てを解決する」

「……その塩に対する絶大な信頼《しんらい》感だけ聞くと冗談《じょうだん》のように聞こえるが、二人が過ごした過去を考えると笑えないのが困るところだな」

レイドたちの会話を聞いて、ウィゼルが表情を強張《こわば》らせながら言う。

「オレは学院に入るまで王都を出ることや野営の機会も少なかったし、そのあたりは二人やカノス教員に任せることになりそうだ」

「それならミリスも頼《たよ》れそうだけどな。田舎育ちなら野草の知識や狩猟の経験もあるだろうし、地元独自の美味《うま》い調理法とか知ってそうじゃないか？」

「たしかにミリス嬢《じょう》もそのあたりは詳《くわ》しそうだが……」

僅かに言葉を濁《にご》しながら、ウィゼルは離《はな》れているミリスに視線を向ける。

「ふふふっ……私が偉人、別世界では歴史に名を残した人物……ッ‼」

何やら怪《あや》しい笑みを浮かべていたので、ウィゼルは即座《そくざ》に視線を逸《そ》らした。

「ミリス嬢が終始あの状態なので不安で仕方ない」

「今偉大な私の名前を呼びましたかっ⁉」

「おう呼んだぞ、偉大な人間」

「ふふんっ！　呼ばれてしまいましたね、偉大な私の名前がっ‼」

大きく胸を反らしながら、ミリスが分かりやすく調子に乗っていた。

ディアンから『楽園』の初代管理人がミリス・ランバットという人物であったという話を聞いてから、終始ミリスはご機嫌《きげん》だった。

「そんなに嬉《うれ》しかったのか？」

「もちろんっ！　田舎民から歴史に名を残した偉人にグレードアップですからねっ！」

「まぁ第一世界では由緒《ゆいしょ》正しい人間ではあるだろうな」

「厳密には私ではなく別世界の自分の話ではありますけど、それだけ偉大な人物だったら子孫たちが『楽園』で城を構えてノアバーグが都会化している可能性がありますっ！」

「そんなに故郷が繁栄《はんえい》していて欲《ほ》しいのか……」

浮かれているミリスにレイドは呆れ半分で言葉を返すが、実際に今回の作戦の鍵《かぎ》を握《にぎ》ってるのはミリスだと言える。

別の時間軸とはいえ、ミリスは『楽園』の人間に多大な影響を与える可能性がある。

第一世界において歴史に名を残し、『楽園』の初代管理者という縁《えん》のある人間であれば、レイドたちの計画に耳を傾《かたむ》けて協力してくれるかもしれない。

だからこそ第一世界側で唯一協力する可能性があるとディアンは言い、実際にエリーゼは特待生という形で学院に囲《かこ》い込み、アルテイン軍からも確保対象となっていた。

そして……その確保対象はミリスだけではない。

「これからは私たちもでかい顔をしていきましょう、ウィゼルさんっ！」

「そこでオレを巻き込んでくるのか」

「だってウィゼルさんも第一世界側では大きな活躍《かつやく》して名を残したって、ディアンさんが言っていたじゃないですか」

「正確にはオレ自身ではなく、ブランシュ家の人間という話だったがな」

第一世界において、ウィゼルの生家であるブランシュ家は新たに生み出された魔法技術と機械技術を融合《ゆうごう》させ、第一世界における魔装具や魔道《まどう》具などの基礎《きそ》や研究発展に大きく貢献《こうけん》した家系だとディアンは語っていた。

『魔王』の出現以後は解読された賢者レイド・フリーデンの遺稿《いこう》から技術再現を行い、現在におけるアルテインの主力武装、『災厄』に対抗《たいこう》するための対魔法技術、魔力汚染の遅《ち》延《えん》といった多方面で成果を残しているとのことだった。

「一応、こちらでもブランシュ家は歴史や由緒で言えば技術大家でもある。生家や工房《こうぼう》なども貧相なものだが、そもそも富や名声よりも研究や新しい技術開発を優先する家柄《いえがら》なので、別世界で成果を残していても納得だ」

「これが既に持つ者としての余裕……ッ！」

「同門の人間として誇《ほこ》らしいとは思うが、それは別人の功績であってオレ自身の功績や成果ではないからな。オレが胸を張って語るようなものでもないだろう」

「まぁ私は全力で他人の威《い》を借りますがねっ!!」

「それでこそミリス嬢だ」

　そんな会話を二人が交わす中、ウィゼルが表情を改める。

「さて……これで買い物は済んだし、そろそろ工房に向かうとしよう」

「工房ってことは、ウィゼルさんの家の工房ですよね？」

「ああ。エルリア嬢から要望があった魔装具の調整、それとレイドが大国主から受け取った剣を魔装具に近い形で調整するように依頼《いらい》を出していたからな」

「もしや噂《うわさ》のお姉さんに依頼できたんですか？」

「普段は放浪《ほうろう》していて連絡《れんらく》も無視するのだが、先の事件があったので安否確認のために顔を出せと言って無理やり連絡を取りつけた」

「なるほどー。だけど、ウィゼルさんが調整するって形ではダメだったんですか？」

「今回は単純な調整ではなく創造性が必要であり、試作や試行ではなく確実な成果と動作性が求められる。まだ魔装技師として未熟なオレには力不足だ」

　そう語りながらウィゼルが僅かに眉間を寄せる。

「その点で言うと、姉であるカリル・ブランシュの腕《うで》は間違いない。エルリア嬢だけでなく王族や数多の貴族から依頼を受け、確かな実績を残してきた当代最高の魔装技師だ」

「おー、ウィゼルさんが言うなら相当ですね」

「ただし色々な意味で無礼な人間だ」

「ウィゼルさんが言うなら相当ですね……ッ!!」

「気難しいと言えばいいのか分からないが、仕事については選《よ》り好みする性分《しょうぶん》でな。面白い依頼や気に入った相手なら一言二言で依頼を受けるが、そうでない相手の場合はどれだけ金を積まれても突っぱねる。そして浪費《ろうひ》も激しいのでブランシュ家には金がない」

「ウィゼルさんも苦労してきたんですね……」

「性格や行動で褒《ほ》められる部分は少ないが、それでも姉は間違いなく『天才』と呼ぶべき才覚を持つ人間だ。だからオレは姉の傍《そば》で学ぶことを選んだわけだ」

「おおぅ……田舎でのんびりと過ごしていた私には縁遠《えんどお》い話になってきましたね……」

「名家などと呼ばれる家柄にも面倒《めんどう》なことは多いという話だ。あまり大っぴらに話す内容でもないので適当に聞き流してくれ」

ミリスが頭を抱え始めたのを見て、ウィゼルが苦笑《くしょう》しながら軽く手を振《ふ》る。

そんな会話の最中、視界の先に以前に見たブランシュの工房が見えてきた。

工房の入り口が開いているのを確認してから、ウィゼルの後に続いて中に入る。

しかし……工房の中は以前と変わらず、明かりすら点《つ》いていない状況だった。

その様子を見て、ウィゼルが考え込むように顎《あご》を撫でる。

「ふむ、これは少し気を付けるか」

「へ？　気を付けるって何がですか？」

「おそらくだが、工房の奥《おく》で姉が倒《たお》れている」

「それは気を付けるどころか助けを呼ばないとですよねッ⁉」

「倒れていると言っても疲労《ひろう》と眠気《ねむけ》が限界に達して気絶しているというだけだ。命に別状はないので問題ないだろう」

「姉の気絶案件を問題ないの一言で済ませるのがすごいですねぇ……」

「しかし姉は無理やり起こすと死ぬほど機嫌が悪くなる。起きるまで待つのは時間の無駄《むだ》なので、エルリア嬢かミリス嬢のどちらかに協力を頼《たの》みたい」

「……わたしとミリス？」

　エルリアたちが首を傾げたのに対して、ウィゼルは頷いてから答える。

「まず姉は無類の女好きで、特に可愛《かわい》らしい女子には目が無い性分だ」

「突如《とつじょ》として明かされるウィゼルのお姉さんの性癖《せいへき》」

「なので、二人に名前を呼ばれたら飛び起きて抱きついてくるだろう」

「ミリス、全てを任せる」

「エルリア様の判断が早いッ‼」

「わたしは子供の頃《ころ》からクリスに抱きつかれすぎていてお腹《なか》いっぱい」

「つまりエルリア様の方が慣れてい――ああ強いッ！　エルリア様が訓練の時でも見せたことないような圧倒的力強さで私の肩《かた》を掴《つか》みながら背中を押《お》してくるッ⁉」

絶対に嫌《いや》だという意思を示すように、エルリアがぐぐっとミリスの肩を掴みながら背中の後ろに隠《かく》れていた。幼馴染《おさななじみ》であるクリス王女はともかく、同性とはいえ初対面の人間に抱きつかれるというのは荷が重いのだろう。

エルリアの気迫《きはく》に負け、ミリスが意を決したように顔を上げる。

「いいでしょうっ！　普段からお世話になっているエルリア様のためにも、私が人身御供《ひとみごくう》となって捧《ささ》げられるべきだと判断しましたっ！」

「それではミリス嬢が生贄《いけにえ》ということでいいな」

「自分の姉を化け物みたいに扱いますねぇッ‼」

「まぁ実際は男に対しては無愛想な対応というだけだ。同性には多少面倒な絡み方をしてくるだけなので取って食われるようなことはない」

「どちらにせよ面倒って扱いなんですね……」

ミリスが僅《わず》かに緊張した面持ちで工房の奥にある扉《とびら》に向かって行く。

「ええと……カリルさーん？　ウィゼルさんの紹介で依頼をした者なんですがー」

そうノックと共に声を掛《か》けるが、扉の向こうから返答は聞こえてこない。

「……何も反応がないですね」

「妙だな。普段なら確実に起きるはずなんだが」

「よほど疲れているとかじゃないですか？　普通《ふつう》の魔装具とは違《ちが》う依頼だったわけですし、普段以上に疲労しているとか」

「もしくは過労で倒れている可能性か」

「冷静に危険な選択肢《せんたくし》を増やさないでお姉さんの心配をしましょうよ……ッ！　本当に倒れていたら心配ですし、全員で入った方がい――」

そうミリスが振り返りながら提言しようとした瞬間《しゅんかん》――

ガチャリと扉が開き、その隙間《すきま》からミリスの腕を掴んで中へと引きずり込んだ。

ミリスが悲鳴を上げる間もなく、扉がぱたりと音を立てて再び閉まる。

…………。

……………………。

………………………………。

「マジで化け物が獲物《えもの》を引きずり込むような感じだったな」

「なかなかのホラーだった……」

「オレが言うのもなんだが、感想よりも先にミリス嬢の心配をしてやってくれ」

レイドたちの感想を聞いて、ウィゼルは呆れた表情と共に扉を再び叩く。

「オレだ、カリル姉さん。起きたようなので入らせてもらうぞ」

扉を開き、ウィゼルの後に続いて部屋の中に入ると――


「――あぁー、やっぱりかわいい女の子は最高の栄養素だぁー」


ミリスに抱きつき、恍惚《こうこつ》とした表情で頬《ほお》ずりをする茶髪《ちゃぱつ》の女性がいた。

「あなた可愛いわねー。何歳《なんさい》？　どこ住み？　てかスリーサイズ測っていい？」

「あうあ、ばばばばばば……っ⁉」

「その独特な言語体系もかわいいわねー」

突然《とつぜん》連れ去られた衝撃《しょうげき》でミリスは完全に正気を失ってぷるぷると震《ふる》えていたが、女性の方は何も気にした様子もなく語り掛けて頬ずりを続けていた。

その様子を見て、ウィゼルが深々と溜息《ためいき》をつく。

「カリル姉さんは相変わらずだな」

「んおー？　ウィゼルくん帰ってきてたんだー？」

「ああ。その子はオレの学友だから、適当に満足したら解放してやってくれ」

「んんー、それなら三日後くらいかなぁー……」

「その頃にはミリス嬢が擦《す》り切れて薄《うす》くなっていそうだな」

「私の現状を無視して姉弟《きょうだい》で会話しないでもらえますかねぇッ!?」

ようやく正気に戻ったのか、ミリスが目をカッと開きながら口を挟《はさ》んできた。

「ほらカリルさんっ！　依頼者《いらいしゃ》の方々が来たので抱きつくのは終わりにしましょうっ！」

「えぇー……あと少しでスリーサイズが測り終わるから待ってー」

「まさか抱きつきながら密《ひそ》かに測っていたですと……ッ!?」

「うんー、身長は百四十八でー、サイズは上から八十な――」

「それを口に出されると乙女《おとめ》の尊厳が失われるので強制終了《しゅうりょう》ですッッ!!」

慌《あわ》てた表情を浮《う》かべながらもミリスは冷静に拘束《こうそく》を抜け出し、そのまま流れるように背後を取ってカリルの口元を塞《ふさ》ぐ。意外なところでエルリアとの訓練の成果が出ている。

「はいッ！　ということでこちらが依頼者のレイドさんとエルリア様ですっ!!」

「……エルリア様？」

ミリスにぐるりと首を向けられ、カリルの視線がエルリアを捉《とら》える。

その視線を受けてエルリアは即座にレイドの背に隠れたものの、何かを思い出したように顔をちょこんと覗《のぞ》かせた。

「……あの、わたしの魔装具《まそうぐ》を作ってくれてありがとう。すごく良い出来だから、ちゃんとお礼を言いたいって思ってた。わたしの『加重乗算展開』を正しく理解して、それに合った機構を組み上げてくれて嬉しかった」

エルリアがふんふんと熱を込《こ》めて語る中、カリルは眠たげな表情のまま固まっている。

「……本物のエルリア様？」

「うん、本物のエルリア・カルドウェン。好きな飲み物は――」

「ぬるめのミルクティー」

「なぜか初対面の人にわたしの好物を答えられてしまった……」

「あー、少し前にクリス王女から『第一回どちらがエルリアを愛しているか決定戦』の映像を記録した魔具をもらって、それを毎日眺めていたんで反射的に答えちゃいました」

「しかも謎の映像記録が配布されている事実まで知ってしまった……」

「んおー、これは間違いなく本物だー。うんうん確実に本物だねー」

そう言って、カリルは半眼のままコクコクと頷《うなず》いてから――

「――私の最推《お》しエルリアちゃんが会いに来てくれたッッッ!!」

拳を握り締《し》めて歓喜《かんき》の叫《さけ》びを上げた後、その場で力尽《ちからつ》きるようにぱたりと倒れた。

「え、あれ？　ウィゼルさん、お姉さん動かなくなっちゃったんですけど？」

「おそらく疲労と寝不足《ねぶそく》と不摂生《ふせっせい》な生活を続けていた中、憧《あこが》れの対象であるエルリア嬢に会えた嬉しさでテンションが上がってしまい頭に血が上ったのだろう」

「つまりどういう感じです？」

「また気絶したということだ」

「起きてくださいカリルさんッ！　ここで寝《ね》てしまったら私が乙女の尊厳を暴露《ばくろ》されるという危険からエルリア様を守ったという行動が無駄になりますからッ!!」

カリルの身体をぶんぶんと揺《ゆ》らしながらミリスが叫ぶ。

その後、気絶したカリルが目を覚ましたのは一時間後だった。

◇

「――んあー、ずいぶんと待たせちゃってごめんねー」

そう間延びした声と共にカリルが謝罪の言葉を口にする。

しかしミリスの膝《ひざ》を枕《まくら》にして横たわっているので何とも間抜《まぬ》けな状態だ。

「ミリスちゃんもごめんねー。膝枕ありがとー」

「それはいいんですけど……私じゃなくてエルリア様の方がいいんじゃないですか？」

「推しの膝枕とか恐《おそ》れ多くて無理すぎる」

「私は別に大丈夫《だいじょうぶ》という喜んでいいのかどうか微妙《びみょう》な感情になりますね……っ！」

「いやいやー、私はかわいい女の子はみんな好きだよー。こうしてミリスちゃんの太ももを頬で感じつつ、低い目線から推しのエルリアちゃんの脚《あし》を眺めるという最高の布陣《ふじん》」

「これはウィゼルさんの前評判通りやべぇ人ですね」

「我《わ》が姉ながら変人が極《きわ》まっているとは思っている」

半眼を向けてくるミリスに対して、ウィゼルは眉間《みけん》にシワを寄せながら眼鏡を直す。

そんな弟の苦労などお構いなしに、カリルはひらひらと軽く手を振る。

「まぁー、どちらにせよエルリアちゃんの膝は借りられないかなー。なにせ優秀《ゆうしゅう》で相手のことを深く理解している婚約者《こんやくしゃ》がいるから……そう婚約者がいるから……っ!!」

「いけませんッ！　カリルさんが死にそうな表情で震え出しましたッ!!」

「姉の持病か発作《ほっさ》のようなものだから気にするな」

「当然の対応とはいえお姉さんの扱《あつか》いが雑すぎるッ！」

「……あー、何だったら俺《おれ》は席を外しておくか？」

「大丈夫……私は推しの幸せは祝福できる人間……生活能力が皆無《かいむ》で金遣《かねづか》いが荒《あら》くて人間性は終わっていても、推しの幸せを邪魔《じゃま》したりする厄介《やっかい》人間になってはいけない……」

　自分に向かって言い聞かせるように、カリルは死んだ目で言葉を並べ立てていた。むしろ呪詛《じゅそ》のように聞こえてきて怖《こわ》い。

　そんなカリルの様子を見て、レイドは声を潜《ひそ》めながらウィゼルに耳打ちする。

「……おいウィゼル、本当に依頼した物は大丈夫なんだよな？」

「御覧《ごらん》の通りの変人だが、魔装具の製作設計や改良の腕だけは身内の贔屓《ひいき》無しに最高峰《さいこうほう》だと断言できるものだ。カリル姉さん、依頼物はどこに置いてある？」

「んとー、そっちの箱に保管してあるから持ってきてー。小さい方がエルリアちゃんのやつで、大きいのが推しの幸せを掴んだ憎《にく》き婚約者くんの方だからー」

「大丈夫って言いながら若干《じゃっかん》引きずってるじゃねぇかよ……」

「祝福はするけど悲しみと憎しみが消えるのには時間が掛かるから致《いた》し方なしー」

「もうエルリアが対応した方が全部丸く収まるんじゃないか？」

「ん……レイドはすごく良い人だから、憎んだりしないで欲しい」

「推しの言葉には絶対服従ッッ!!」

「エルリアが宗教とか作ったら狂信者《きょうしんしゃ》になりそうな勢いだな」

「クリスが聞いたら本気で作りそうだから怖い……」

途端《とたん》に生気を取り戻《もど》したカリルとは対照的に、エルリアは絶対に嫌だと言わんばかりにブンブンと首を勢いよく振っていた。王女という権力者だからこそ余計にやりかねない。

そんな杞憂《きゆう》を無視して、レイドは工房に置かれている大きな木箱に手を掛ける。

箱に収められている見慣れた大剣《たいけん》。

しかし、その持ち手には見慣れない飾《かざ》り紐《ひも》と装飾具《そうしょくぐ》が付いていた。

「……変えたのはこれだけか？」

「これだけとは失礼だねー。作るのめちゃくちゃ大変だったんだからー」

レイドの言葉を聞いて、カリルがぷくりと頬を膨《ふく》らませる。

「ウィゼルくんとエリーゼ学院長から話は聞いてるけど、婚約者くんって変な魔力《まりょく》のせいで魔装具どころか魔具もまともに使えないんでしょー？」

「そうだな。魔力回路がブッ壊《こわ》れて魔装具の防護機能も意味がないらしくてよ」

「らしいねー。だから魔力そのものを魔装具に蓄積《ちくせき》させるレグネア伝統の魔剣《まけん》なら、魔装具に込められた魔力から防護や保護に必要な魔力を供給できて簡単には壊れないって仕組みなんだけど、その魔力の余波で魔剣自体が消耗《しょうもう》するからさー」

それは事前にウィゼルから聞いていた見解だった。

レグネアで製造される『魔剣』とは、言わば武器の形状をした蓄魔器に近い。

魔力を蓄《たくわ》える性質を持つ素材を使い、レグネアの鍛冶《かじ》師たちの間で受け継がれる秘伝の製法によって鍛錬《たんれん》を行って武具の形状に加工し、事前に魔力を蓄積させるという魔装具の亜種《あしゅ》に近い存在だ。

その魔剣にミフルが千年近くの長い歳月《さいげつ》を捧げて魔力を込め続けたことで、通常の魔剣とは比べ物にならない耐久性《たいきゅうせい》となり、レイドの魔力にさえ耐《た》える代物《しろもの》に至っている。

しかし蓄積した魔力が尽《つ》きれば魔剣であろうとも耐えることはできず、通常以上の防護と保護に魔力を注力しているため消耗が早く、永久に使い続けることはできないとミフルからも説明を受けていた。

そのため、何か解決方法がないかとカリルに依頼を出していたわけだが――

「ざっくり説明すると、その魔力とやらを薄める感じにしてみたー」

「…………薄める？」

「そうそうー。スキッフィの第一魔力法則って知ってるー？」

「知ってる。霧散《むさん》した魔力が濃度《のうど》の高い領域から低い領域に移動するやつ」

「かわいい賢《かしこ》い超天才《ちようてんさい》っ！　さすが私の激推し魔法士《まほうし》ちゃんっ!!」

「ものすごく褒められた」

「これまたざっくり説明するとー、魔法は魔力を収束させることで行使できるわけだけど、その後は拡散して周囲の魔力濃度が低い領域に移動するってわけさー」

カリルが指を立てながら説明すると、ウィゼルが気づいたように顔を上げる。

「……つまり本来なら霧散して滞留《たいりゆう》する魔力を意図的に排出《はいしゆつ》する機構ということか」

「はいウィゼルくんも正解ー。特殊《とくしゆ》な魔力のせいで魔剣が消耗するのなら、そのダメージを受ける前に魔力そのものを周辺にバラ撒《ま》いちゃうってわけよー」

「……すまん、さすがに専門的で分からないから説明してもらえるか？」

「ん、簡単に言えばレイドの魔力が剣《けん》にいかないようにする仕組み」

両手をこねこねしながら、エルリアが補足を加えてくれる。

「魔法は魔力回路を通して魔力を圧縮して、混合したり組み合わせたりして色々な現象を意図的に具現化する。それで使い終わった魔力は分解されて周囲に拡散する」

「それって俺の力についても当てはまるのか？」

「レイドの力が『英雄《えいゆう》』っていう魔法だと考えたら当てはまる。だけど魔力の分解、拡散、移動までに時間が掛かるから、その間に滞留している魔力が魔剣にダメージを与《あた》えてたり、機能を阻害《そがい》していたりするっていうのがカリルの主張になる」

「だから魔力の分解速度を上げてー、魔力が滞留しないように指向性を持たせてー、影響《えいきょう》が出ないように周囲へと拡散すればいいかなーって。ちょっと試《ため》してみてー」

カリルの言葉に従って、レイドは箱から大剣を取り出して握り締める。

「――――」

身体の内で力が迸《ほとばし》るような感覚。

それを確かに感じ取りながらも、何か異常らしき様子は見られない。

「特に大きく変わった様子はないな」

「強化ってより安定器の補助みたいな感じだし、下手にいじったりして感覚とか戦い方が変わっちゃったら困るだろうからねー。それでウィゼルくんどうだったー？」

「……計測してみたが、確かに高濃度《こうのうど》の魔力が周囲に拡散している。間違《まちが》いなく機構は発動しているし、レイドが異常を感じ取っていないということは成功しているはずだ」

「ついでに私の主張が正解だったたっていう証明ねー」

「…………そうだな」

眼鏡型の魔具を軽く操作しながら、ウィゼルは軽く眉間にシワを寄せる。

「魔力回路を刻んだ飾り紐によって魔力の分解等を高速化し、全体の保護と魔力の排出先を指定するのが装飾具の役割か」

「んおー、一発で分かるのは我が弟くんながら素晴《すば》らしいねー。ちなみに婚約者くんの力を間近で見てきた身として、これなら実用に足るって判断できる感じー？」

「おそらく問題ないはずだ。ここまで分解された魔力であれば魔剣に与える影響などは限りなくゼロに近い。条件試験の時に見せたような広範囲《こうはんい》かつ高質量の魔力波を分単位で維《い》持《じ》すれば影響も出るだろうが、そのような事態に陥《おちい》ることは稀《まれ》だろう」

「よかったー。もう本当に大変だったんだよー。素材の選別から魔力回路の設計、しかも複雑で小さい装飾具だから死ぬほど頭も使ったし、回路の刻印も私がやったんだからー」

「魔力回路の刻印って魔法細工師の仕事じゃないのか？」

「複雑すぎる上に回路の刻印箇所《かしょ》も小さい装飾具だったから誰《だれ》も受けてくれなくてさー。まぁ私も魔法学院で基礎は学んでるし、魔装技師として死ぬほど魔装具を作ってきたから、動作については保証するから安心してー」

軽い口調でカリルは手をひらひらと振るが、それは誰にでもできることではない。

魔装技師と魔法細工師は携《たずさ》わる分野は同じだが、両者に求められる能力は真逆だ。

魔装技師は魔装具の全体設計と製作といった創造性と技術力、魔力回路の配置や設計といった計算能力、それらを実現する膨大《ぼうだい》な知識と技術修練が主となる。

それらは一部の才能と膨大な努力によって培《つちか》われるものだが、魔法細工師は才能という詮《せん》無い一言で大半が決まる。

魔力回路の刻印を可能とするだけの魔力量、肉体とは異なり目に見えない魔力を精密にコントロールする魔力感覚、魔装技師が設計して組み上げた回路を寸分の狂《くる》いもなく刻むという再現能力など、主に感覚に左右される部分が大きい。

それらは努力によって研鑽《けんさん》を積めるものもあるが、魔力量や再現するために必要な視覚機能は天性のものであり、そこで魔法細工師の能力が定まると言っていい。

だからこそ両者は明確に区分されており、両立できる者は皆無と言っていい。

少なくとも未知に近いレイドの魔力を考察するための膨大な知識量、それらを伝聞だけで理解して原因と解決方法を導き出す思考力、そして本職すら投げ出した魔力回路の刻印を「誰も受ける人がいなかった」という理由で実現できる人間はカリルだけだろう。

「ありがとうな。これで気兼《きが》ねなく臨《のぞ》めそうだ」

「本当に今回だけだからねー。私は女の子が相手の依頼じゃないと新作とか設計はやらない主義だし、エルリアちゃんの婚約者じゃなかったら絶対やらなかったんだからー」

「それなら俺じゃなくてエルリアの方からコメントしてやってくれ」

「全部一人でやったカリルはすごい。えらい。つよい」

「やたーっ！　推しからお褒めの言葉もらったどーっ!!」

「わたしもたくさん褒めてみた」

反応が急変するカリルに最初こそ怯《おび》えていたものの、慣れてきたらしいエルリアが手をてちてちと叩《たた》きながら褒め称《たた》える。当人にとってもエルリアの賛辞は感無量だろう。

「そんなわけで、そっちはエルリアちゃんの魔装具ねー」

「ん、拝見」

細長い木箱を開けると、そこには見慣れたエルリアの杖《つえ》型魔装具が収まっている。

しかし、先端《せんたん》の宝珠《ほうしゅ》の下部には見慣れない機構が備わっていた。

「なんか付いてる」

「簡単に言うと前よりもエルリアちゃんの『加重乗算展開』に特化して作った機構だよー。少し前に発表されたエドワード・フリーデンの論文から着想を得て作ってみたー」

「レイドのお兄さんだ」

「おー？　そうなんだー？」

「同じ苗字《みょうじ》のところで気づいて欲しかったな」

「ごめん婚約者くんって名前で覚えてたから気づかなかったー」

カリルが悪びれた様子もなく言う。おそらく本当に気づいていなかったというか、レイドに対する興味がとにかく薄いらしい。

「だけど良い内容だったねー。特級魔法士アルマ・カノスの手腕《しゅわん》もあるとはいえ、保存された魔力から精巧《せいこう》に具現化を行って、なおかつ原型としている魔力が失われないように魔力を分岐《ぶんき》変換《へんかん》して充填《じゅうてん》する方法には感動したー」

「うん。アルマ先生もすごく褒めてた」

「そんでねー、それを利用してエルリアちゃんの魔法そのものを保管しておけるようにして、その魔法を『加重乗算展開』で組み合わせて第十界層以上の大規模魔法を高速展開できるようにしてみたんだー」

「ん、すごくありがたい」

魔装具を手にしながら、エルリアがこくこくと満足そうに頷く。

パルマーレ沖で『災厄《さいやく》』を相手にした時の経験から、エルリアは『災厄』に対する決定打が欠けていると考え、自身の魔法を増強するための要望を出していた。

エルリアの実力は特級魔法士を含《ふく》めた全ての魔法士たちを大きく凌駕《りようが》しているが、それでも『災厄』を確実に仕留めるためには力不足だった。

しかし、第一世界では数多《あまた》の『災厄』たちが大陸を徘徊《はいかい》している状況《じようきよう》にある。

だからこそ、エルリアが単独で確実に対処を行えるようにするために考え出した。

「何事も力が全てを解決する」

「一緒《いっしょ》に過ごしてきて分かったけど、お前って俺より確実に脳筋だよなぁ……」

「レイドもそれでわたしと渡《わた》り合ってきたから同じだと思う」

「まぁそうなんだけどな。それでも『第十界層以上の魔法を加重乗算展開する』なんて方法で解決しようとするのはお前くらいだろ」

エルリアの『加重乗算展開』は魔力ではなく「魔法によって魔法を組む」というものだ。

それは数多の魔法界層から魔法を積み重ねていき、魔法そのものに膨大な質量を持たせるといった手法だが、第十界層以上の魔法に至るまでは時間が掛かる。

その問題を新たな機構によって解消し、「第十界層の魔法を使って魔法を組み上げる」という常人では不可能な規格外の方法をエルリアは採ったわけだ。

「これもカリルが回路を刻印したの？」

「そだねー。こっちの回路はそこまで複雑じゃないんだけど、エリーゼ学院長から機密保持を条件に提供された技術だから人に任せられなかったからさー」

「それはすごく頑張《がんば》ってくれた」

「そりゃもう推しのためならいくらでもッ!!　だけど魔力効率は犠牲《ぎせい》になっちゃったから、

事前に魔法を保管できるとはいえ注意して欲しい感じかなー」

　カリルの説明を聞きながら、エルリアは何かを確かめるように魔装具をくるくると回して色々な角度から観察する。

　そして、ミリスに魔装具をぽんと手渡《てわた》した。

「はい」

「………はい？」

「ミリスならなんとかできる」

「突然の無茶《むちゃ》ぶりが私に襲《おそ》い掛かってきましたよッ!!」

「んおー？　もしかしてミリスちゃんって魔法細工師なのー？」

「いや一応は魔法士なんですけど……」

「だけど魔具のお医者さんだからいける」

「適当に言った言葉が巡《めぐ》り巡って私の首を絞《し》めつけてきたッ!!」

「んー……一応私にできる限りでは完璧《かんぺき》に配置したけど、エルリアちゃんとしてはどのあたりが気になってる感じー？」

「この新しい部分と柄の連結箇所、あと他にも何個かある」

「んあー……そのあたりは回路が密集してるから難しいんだよねー……」

「それなら、回路を重ねて刻印したり交差させたりすればいいんじゃないですかね？」

「いやぁー、それはいくら私でも難しいかなー。回路の交差とか二重刻印は私も考えたことがあったけど、刻印の深さが関わってくるから技術的に無理って感じなんだよー」

「だけどミリスならできちゃう」

「その無茶ぶり継続《けいぞく》してたんですかッ!?　まぁやれってことなら試しますけど……」

近くに置かれていた鉄板を手に取り、ミリスが魔装具を見ながら指を走らせる。

「で、とりあえず該当箇所《がいとうかしょ》を写して刻印してみたんですけど」

「…………え？」

「ここからどんな感じに繋《つな》げたり重ねたりすればいいんです？」

「両端《りょうたん》の回路を重ねて、少し先で曲げて前方の回路をくぐる感じ」

「あいあいー。カリルさん、これって深さの指定あります？」

「え、と……上の回路よりも3・78下かなぁー……？」

「3・78ならこれですかねー」

ミリスが頷きながら指先を走らせ、鉄板をひっくり返してカリルの前に差し出す。

「たぶんこういう感じですよね？」

「………マジかー」

「え、なんか間違ってました？」

今までの眠《ねむ》たげな表情を崩《くず》して、カリルが食い入るように刻印された回路を眺《なが》める。

「深さだけじゃなくて幅《はば》も狭《せば》めてるのに歪《ゆが》みが一切《いっさい》ないし、私が五日掛かった曲線部分の半径と勾配《こうばい》を完全再現した上で重ねてるとか……これが才能ってやつかー」

「もしかして私ってすごいですかッ⁉」

「すごいどころかヤバイ。もはや人間か疑いたくなるくらい正確すぎて怖い」

「カリルさんの語尾《ごび》が間延びしなくなるくらいですかッ⁉」

「魔具のお医者さんすごい」

「その微妙な二つ名のせいで感動がダウングレードしましたよッ‼」

ミリスが過去の発言を悔《く》やむ中、カリルは真剣《しんけん》な表情で何度も頷く。

「これは本当に魔法細工師を目指した方がいいよ。ここまで設計した回路を完全再現する人間は見たことないし、この才能が埋《う》もれるのだけは絶対に良くない」

「そ、そこまでなんですか？」

「少なくとも私だったら絶対に専属の魔法細工師にする。技術的に不可能だと考えて断念した設計すら再現できるなんて、魔装技師にとって理想の人間だからね」

真剣な表情でミリスを見つめながらカリスは言う。

「ということでミリスちゃん、魔法細工師になってブランシュ家の専属になろう」

「ええと……でも私は魔法士になって田舎《いなか》のみんなに自慢《じまん》するのが――」

「たぶん魔法細工師になったら大陸全土どころか歴史書に名前とか残るよ？」

「今日から魔法細工師としての道を歩ませていただきますッ‼」

「いえーい、最高の人材ゲットだぜー」

ミリスとカリルが互《たが》いに手を打ち合わせ、熱い握手《あくしゅ》を交《か》わし合っていた。なんだかんだ気の合う二人だったらしい。

「ほんじゃねー、最高効率を出せるけど技術的に無理で没《ぼっ》にした設計があるから、ちょっと試して大丈夫そうだったらエルリアちゃんの魔装具に組み込んじゃおうかー」

「これでわたしがまた強くなる」

「よっしゃーいっ！　私が偉人《いじん》になる第一歩を踏《ふ》み出そうじゃありませんかッ‼」

女性陣《じょせいじん》がわいわいと議論を交わす様子を見て、レイドは苦笑しながら小さく頷く。

そして――

「――そんな顔してんじゃねぇよ、ウィゼル」

ウィゼルの表情は普段《ふだん》と変わらない。

しかし、その拳《こぶし》は震えるほど固く握《にぎ》りしめられている。

「……いつ見ても、才能とは残酷《ざんこく》なものだと思ってな」

そんな言葉を漏《も》らしてから、ウィゼルは深く息を吐《は》きながら拳を解いた。

「オレではレイドの力が魔法の一種だと分かっても、姉のように的確な改善策を提示することもできなければ、それを実現するための設計すら叶《かな》わなかった。エルリア嬢《じょう》の求めた要望に視点を合わせて応えることもできなかっただろう」

そう自嘲《じちょう》気味に笑いながらウィゼルは言う。

「それに応えることができる姉を見る度《たび》に、自分が凡庸《ぼんよう》な人間だと自覚させられる。自分では届かない、辿《たど》り着くことのできない世界があるのだと理解してしまう。どれだけ努力を重ねようとも……自分には踏み入ることができない場所があるのだと」

憧憬《しょうけい》の眼差《まなざ》しで姉を眺めながら、今まで自身が抱《いだ》いてきた心情を吐露《とろ》する。

決してウィゼルの努力が足りなかったという話ではない。

むしろ才能ある姉の姿を間近で見続けてきたからこそ、その姿に触発《しょくはつ》されて少しでも近づけるように並大抵《なみたいてい》ではない努力を重ねてきた身だろう。

だが……そうして努力を重ねて、憧れた先へと近づいて理解が深まっていく度に、その先にある『才能』という壁《かべ》さえも理解してしまう。

「すまない、無意味な話をしてしまった」

「意味ならあるだろ。つまり自分は凡才《ぼんさい》だと自覚したって話だからな」

「……ずいぶんな言い方をするじゃないか」

「別に悪いことじゃないと俺は思ってるからな。要は捉え方の問題だ」

「………捉え方？」

眉間を寄せるウィゼルに対して、レイドは頷きながら言葉を返す。

「才能がある奴《やつ》ってのは、才能の無い奴からすれば眩《まぶ》しくて誰もが憧れるような存在ではあるが、逆に言えば『誰からも完全に理解されない者』でもあるからだ」

「……だから天賦《てんぷ》の才があろうとも許容しろと？」

「そういうことじゃねぇよ。たとえば世界中の人間が天才だったらどうなると思う？」

「それは……多くの事柄《ことがら》が豊かになるのではないか？」

「いいや、間違いなく人間は絶滅《ぜつめつ》する。その天才が作った知識や技術が引き継《つ》がれず、その思考や技術はその天才が死んだ瞬間に全てが失われるからな」

全ての人間が何かに特化した天才であるならば、才能による格差は無くなるだろう。

だが、その代償《だいしょう》として生み出された物が後世に引き継がれることはない。

天才たちが新しい物を生み出し続けることはあるだろうが、そこから人類が大きく発展して広がることには繋がらない。

「だから人間の中には『誰にでも理解できる凡才』が必要になる。天才に追いつこうとしても凡才は追いつけないが、その道筋を辿れば天才の一部を理解できる。それをさらに理解するために、自分と同じ凡才たちと協力して情報を組み合わせて完成形へと近づける。なぜなら凡才たちは等しく『天才を理解しきれなかった』という共通項《きょうつうこう》を持つからだ」

天才が一人で走り続ける者ならば、凡才とは集団で走り続ける者たちだ。

「そして『理解できない』という経験から得る無念を知っているからこそ、そいつらは同じように理解できない者たちの気持ちを理解して、どうにかして理解できるように工夫《くふう》する。そうして凡才たちは知識と技術を受け継いでいくという重要な役割を担《にな》うわけだ」

「そうして過去の者たちが知識と技術を受け継いできたようにか？」

「そういうことだ。お前自身が技術大家の人間で、昔から天才の姉を隣《となり》で見てきたからこそ余計に理解できる話だろ」

「……頭では理解できるが、許容できるかどうかは難しいところだな」

「そりゃそうだ。『お前らは才能がないから、天才が作った物を後世に伝えていけ』と言われたところで納得《なっとく》できるものじゃない。だからこれも捉え方次第《しだい》ってやつだ」

そう言って、レイドは笑《え》みを浮かべながら告げる。

「凡才は『俺たちがいなければ天才なんて無価値だ』って考えればいい」

「それはまた……何とも乱暴な理屈《りくつ》だな」

「だけど真理だぜ？　天才は一つの時代を変えるが、それを後世に伝える凡才たちは未来という無限の可能性を変えることができる。だから立場が上なのは凡才だってな」

俯《うつむ》いているウィゼルに対して、レイドはその背中を乱暴に叩く。

「才能の有無《うむ》で卑屈《ひくつ》になる必要なんてないし、天才の背を追いかけた行動と精神は決して無駄《むだ》にはならない。そういう熱意のある人間こそが未来を作っていくんだ」

そう笑いながら言うと、ようやくウィゼルは口元に小さく笑みを浮かべた。

「……まったく、見た目の年齢《ねんれい》がオレたちと変わらないせいで反応が難しいな」

「それならエルリアに言って見た目をジジイに変えてもらうか」

「それは面白《おもしろ》そうだな。老体で言われたら素直《すなお》に納得してしまいそうだ」

そんな会話を交わしながら、レイドとウィゼルが互いに笑い合う。

その最中、ミリスが声を張り上げる。

「レイドさんとウィゼルさーんっ！　ちょっとご意見いただけますかーっ⁉」

「ああ、今行くから待っていてくれ」

「ウィゼルはともかく、俺まで必要なのか？」

「むしろレイドさんの加勢でちょうどいい感じになりますっ！」

そうミリスに言われて二人が首を傾《かし》げながら向かうと――

「それだけは絶対に譲《ゆず》れない」

「いやいやー、そこは推しの言葉でも曲げるわけにはいかないねー」

エルリアとカリルが向かい合い、何やら熱く議論を交わしていた。

「……どういう状況だ、これは？」

「そこは二人の言い分を聞いてから判断してもらいましょう」

そして、エルリアたちが向き直って口を開く。

「議題は、メイド服にフリルが必要かどうか」

「…………ああ」

「なんかウィゼルさんが全てを察したような表情をしましたねっ!!」

「メイド服ならフリルは必須《ひっす》でしょー。フリルの分だけかわいさマシマシになるしー」

「ふりふりはいらない。なぜなら邪魔だから」

カリルの言葉に対して、エルリアが堅牢《けんろう》な意思を示すようにブンブンと首を振《ふ》る。

「なんで魔力回路からメイド服のフリルの話に移り変わってるんだよ……」

「新しい機構の話からアルマ先生が使っている魔装具の話になりまして、旗生地《きじ》と同じような物があれば魔装具の幅が増えるという話になりまして」

「まだ納得できる範囲《はんい》だな」

「そこで私が『それなら魔法士の制服にフリルを付けたい』って言ってー」

「わたしが『邪魔だからいらない』って言って」

「フリルは全ての女の子をかわいく仕立て上げるっていう話に発展させたー」

「ここで元凶《げんきょう》が判明したな」

「本当にうちの姉がすまない……」

ウィゼルが眼鏡を直しながら深々と溜息をつく。苦労の絶えない人間だ。

しかし二人にとっては重要なのか、再び顔を突《つ》き合わせて議論を再開する。

「メイドさんは掃除《そうじ》とかで動き回るから、ふりふりは邪魔になる」

「だけどメイドを雇《やと》う家柄《いえがら》なら来客も多いでしょー。それなら少しでも好印象を抱けるように着飾《きかざ》ることも重要だってー」

「メイド服で戦うことになった時にも邪魔になる」

「フリルに魔力回路を組み込んだら解決だねー」

「ふりふりでぐにゃぐにゃした形状だから組み込むのが難しい」

「ミリスちゃんだったら不可能じゃないと思うけどなー」

「素材コストと独自技術に依存《いぞん》しているから量産性がない」

「オレたちは何を聞かされているんだろうか……」

「奇遇《きぐう》ですね、私も十分ほど同じようなことを思っていました。ちなみにこの議論の勝敗によってエルリア様がメイド服を着用し、私については着用が確定しています」

「どうしてそうなった」

「フリル肯定派《こうていは》と否定派に挟まれて、『どっちでもいい』という中途半端《ちゅうとはんぱ》な発言をしてしまったことで両者の怒《いか》りを買うことになりましてね……」

諦《あきら》めたような表情でミリスが遠くを見つめていた。これは覚悟《かくご》を決めた表情だ。

「だから男性二人の意見をもらうことにしたー」

「いや……別にどっちでもいいんじゃないか？」

「はい出たー、興味がないからどっちでもいいって返事する男子だー」

「そうじゃなくて、好きな奴が着てれば大抵《たいてい》のものは可愛《かわい》いって思うもんだろ」

「ここにきてレイドさんが惚気《のろけ》をぶち込んでくるという展開ですと……ッ!?」

「そんなわけで、男側の意見はウィゼルに全部任せた」

「待てレイド、なぜオレに爆弾《ばくだん》を渡してきた……ッ!?」

「話が長引きそうだから先に別の用事を済ませてこようと思ってな」

狼狽《ろうばい》するウィゼルの肩《かた》を叩いて、レイドはそのまま工房《こうぼう》の外に向かっていく。

「――さっきの話を、もう一人の奴に聞かせてやらないといけないからな」

◇

ブランシュの工房を出た後。

レイドは近くにいた辻馬車《つじばしゃ》に声を掛《か》け、王都の高層部にある屋敷《やしき》の前で降りた。

屋敷の使用人に声を掛け、庭園に通されたところで目的の人物を見つけた。

「頑張ってるじゃないか、ファレグの坊主《ぼうず》」

庭園で模擬剣《もぎけん》を振っていたファレグに声を掛ける。

レイドの声を聞いて、ファレグは剣を止めながら眉間にシワを作った。

「……ここはヴェルミナンの邸宅《ていたく》なのだから坊主呼びはやめろ。ヴェルミナンの子息として使用人たちに示しがつかなくなるだろう」

「門の近くにいたヴァルクが『ファレグの坊主なら庭園ですよ』って言ってたぞ」

「ぐぅッ……だから最近他の使用人たちも『ぼう……坊《ぼ》っちゃん』とか言い間違えるような感じで言い淀《よど》んだりしていたのか……ッ!!」

「屋敷の使用人たちも以前のお前に対して鬱憤《うっぷん》が溜《た》まってたんだろうなぁ……」

「おいやめろッ！　屋敷に戻ったら前より使用人たちが声を掛けてくるようになったり、態度が柔《やわ》らかくなったりしたのを見て以前は本気で煙《けむ》たがられていたんだと僕《ぼく》も自覚したんだッ！　三日くらいヘコんで反省もしたんだからなッ!!」

そう普段通りの様子で言い返してから、ファレグは静かに息を吐いて表情を改める。

「それで、僕に会いに来た用件は何だ？」

「お前も話くらいは聞いてるだろ。パルマーレ沖に出現した超大型魔獣《ちょうおおがたまじゅう》、その存在を意図的に呼び起こして侵略《しんりゃく》を目論《もくろ》んでいた別世界の人間たちの件だ」

第一世界へと渡るために必要な『世界樹』の創成を始動させる際、中央大陸エトルリアを統《す》べるヴェガルタ国王、西方セリオスの族長、東方レグネアの大国主といった各大陸を代表する者に対しては現在置かれている状況と詳細《しょうさい》説明を行っている。

そして第一世界側からの再襲撃《しゅうげき》に備え、特級魔法士だけでなく魔法士として高名な家系にも通達を行い、連携《れんけい》や対処についての共有も進めている。

その中にはヴェルミナン家も含まれている。

「……父上から聞いたとも。超大型魔獣をお前たち二人で討伐《とうばつ》し、総合試験の裏でお前たちが秘密裏《ひみつり》に対処を行い、そして別世界にお前たちが先遣隊《せんけんたい》として向かうことまでな」

「ああ。事情に精通していて単独でも対処が可能である俺とエルリア、それと諸々《もろもろ》の事情でミリスとウィゼル、その二人の護衛と魔法の汎用性《はんようせい》を踏まえてアルマを連れて行く」

率いる面々の名を挙げてから、レイドは一呼吸置き――

「――それ以外には、誰一人《だれひとり》として連れて行くつもりはない」

ファレグに対して、鋭《するど》い声音《こわね》で告げた。

そんなレイドの言葉を聞いて、ファレグは模擬剣を強く握りしめる。

「……それは、僕が弱いからか」

「そうだ。お前の力量じゃ戦力にはならない。他の三人は明確な役割があるから同行させるが、それ以外の人間は特級魔法士だろうと足手まといだ」

容赦《ようしゃ》のない評価と言葉をレイドは浴びせる。

しかし、その言葉が全てだ。

ディアン率いる第一世界のアルテイン軍に限られた人数で対処できたのは、第二世界側が魔法や技術力で劣《おと》っているという慢心《まんしん》を利用した奇襲《きしゅう》、レイドが持つ千年前の戦闘《せんとう》経験と立場によって得た対軍戦闘の知識が大きい。

そして侵略者《しんりやくしや》たちを迎撃《げいげき》する立場だったからこそ、レイドたちが全てにおいて圧倒的《あっとうてき》に有利な状況を作り出すことができた。

だが、今度はレイドたちが逆の立場になる。

「向こうの状況が不明瞭《ふめいりよう》で、どんな環境下《かんきようか》にあるかも実際に見てみないと分からない。それでも俺とエルリアなら確実に生き残れるだろうが、戦力外である三人を確実に生存させるには主戦力の俺たちが戦力を殺《そ》いで守る必要も出てくる」

「……どうして、それを僕に伝えに来たんだ」

「お前の性格なら俺たちに付いて行くと言い出しかねないと考えたからだ。それで余計なことをされたら面倒《めんどう》だしな」

「ハッ……そこまで馬鹿だと思われていたとは心外だな」

肩を軽く竦《すく》めてから、ファレグは僅《わず》かに俯きながら語る。

「自分が戦力外であることなんて分かっているさ。いや……お前やカルドウェンを見ていれば、たとえ天才と呼ばれる人間でも凡人《ぼんじん》だと自覚する」

それはファレグ自身が実際に抱いた感想なのだろう。

名家であるヴェルミナンの名に恥《は》じない魔力と才能を持って生まれ、自身が増長してしまうほどに周囲から多大な期待を受け、自分の才能を信じて疑わずに過ごしてきた。

しかし、その才能は唯一無二《ゆいいつむに》ではなかった。

その程度の才覚では辿り着けない者たちがいることを知ってしまった。

それでも――

「――僕を連れて行ってくれ、レイド・フリーデン」

真《ま》っ直《す》ぐ、堅牢な意志の宿った瞳《ひとみ》でファレグは言う。

ファレグの表情を見て、レイドは呆《あき》れたように乾《かわ》いた笑いを漏らす。

「まったく……思っていた通りの馬鹿野郎《やろう》だったな」

「僕の実力では戦力にならないことは重々承知している。それでも連れて行ってくれ」

「ダメだ。何を言われようが連れて行くつもりはねぇよ」

「危険なのは覚悟の上だッ！　たとえ命を懸《か》けてでも僕は――」

ファレグが食《く》って掛かるように一歩を踏み出した時――


その胸元《むなもと》に向かって、レイドは掌底《しょうてい》を叩き込《こ》んだ。


ファレグの身体が静かに地面へと倒《たお》れたのを見て、レイドは軽く肩の骨を鳴らす。

「命を懸ける覚悟とか、そんなクソみたいなものを持ってるからダメだって言ってんだ」

僅かに怒りを滲《にじ》ませながら、倒れるファレグを静かに見下ろす。

「────ッ、ぁ」

「死は最大の悪手だ。だけどそれは倫理的《りんりてき》な話じゃない」

普段では決して見せることがない、冷酷《れいこく》な表情と共にレイドは語る。

「相手は殺す前に情報を奪《うば》うため、まずは殺さない程度に手加減をして身体の自由を奪う。その次は脚《あし》を折って逃亡《とうぼう》を防ぐ。その次は腕《うで》を折って反撃《はんげき》の意思を殺ぐ。それでも反抗的《はんこうてき》な奴には目や耳といった二つある物を片方だけ奪っていく。最低でもこちらの言葉や反応を窺《うかが》えるようにしつつ人間として再起不能にする。情報を奪った後には魔獣《まじゅう》の餌《えさ》にして撤《てっ》退《たい》の時間を稼《かせ》ぐ、敵軍の前に晒《さら》して士気を殺ぐ、罠《わな》の中心に置いて助けにきた仲間を殺す材料の一つとするって使い道もある……そうして相手に多くのメリットを与えるからこそ、命と身の安全は最優先にしないといけない」

そのイメージを明確に想起できるように、レイドはファレグの首を掴《つか》み上げる。

「『命を懸ける覚悟』なんていうのは最悪の選択《せんたく》だ。そんな誰でもできるような半端《はんぱ》な覚悟だって分かっていたからこそ、俺《おれ》はお前を置いて行くって決めたんだよ」

そう告げてから、レイドは乱雑にファレグの身体を投げ捨てた。

しかし……喉《のど》から細い息を吐きながらも、ファレグは地面を力強く握りしめる。

「命まで懸けないとッ……僕はお前の背中を追うことすら叶わない……ッ」

地面を這《は》い、地面に転がっていた模擬剣を掴む。

「それほどまでに、僕はお前に強く憧《あこが》れたんだ……ッ!!」

震《ふる》える脚を奮い立たせてレイドと対峙《たいじ》する。

それはウィゼルが抱いていた憧憬や羨望《せんぼう》とは違《ちが》う。

「僕が弱いことなんて分かっているッ！　戦力としてだけでなく、人間として未熟であることも理解しているッ！　それを——全てお前が僕に教えてくれたこともッ!!」

涙《なみだ》を流しながらファレグは自身の心中を吐露する。

自分よりも上の人間がいると教え、自身の才能と生まれ持った家柄に驕《おご》って他者を見下していた振る舞《ま》いを正し、その後も手を差し伸《の》べて進むべき道を示してくれた。

そうしてファレグを導き、その背を見せ続けたからこそ——

「——僕にとって、お前は過去に憧れた『英雄』そのものだったんだッ!!」

きっと、ファレグは何も知らずに『英雄』という言葉を口にしたのだろう。

英雄《えいゆう》願望というものは誰しもが一度は抱くものだ。

御伽話《おとぎばなし》や昔話の中で人々を守るために自身の力を振るう姿を見て、自分もそんな人間になりたいと心の片隅《かたすみ》で抱くことがあるだろう。

そしてファレグは他者よりも優《すぐ》れた才覚を持っていたからこそ、その力を人々のために使いたいと一度は願ったはずだ。

「僕では絶対に辿り着けないことは分かっている……それでも僕は最後までお前の背を追い続けて、少しでも憧れた『英雄』に追いつきたいんだ」

自身の無力と無能を理解しながらも、ファレグは涙と共に懇願《こんがん》する。

だが――そんな人間をレイドは千年前に数多く見てきた。

それこそ命を懸けて追い縋《すが》ろうとして、悲惨《ひさん》な末路を辿った者も大勢いた。

「お前じゃ俺には一生追いつけねぇよ」

忌憚《きたん》のない言葉を掛けながらも、レイドはファレグに向かって笑みを向ける。

「だから――お前は俺の背中を一生追い続けろ」

ファレグに向かって、レイドは笑いながら拳を突き出す。

「死んだら俺の背中を追うこともできなくなる。だけど生きて追い続ければ俺の影《かげ》を踏むくらいはできるようになる。それができる人間だと俺は思っているし、実際にお前は才能の差を目《ま》の当たりにしても挫《くじ》けずに努力を続ける姿勢を見せてきた」

実際、ファレグは一度として努力を怠《おこた》ることはしなかった。

レイドやエルリアたちが課す訓練に泣き言や恨《うら》み言を吐こうとも、途中《とちゅう》で放り出すこともなければ一度として手を抜《ぬ》くこともしなかった。

そして先ほど庭園で剣《けん》を振るっていたように、誰に言われることもなく努力と研鑽を積み重ねることができる強い意志を持つ人間だった。

「追いつけるかどうかも分からない、その先がどこまで続くかも分からない、それでも自分の抱いた理想に近づこうと努力し続ける……たとえ俺のような人間になれなかったとしても、その姿を見た者たちは誰もがお前の功績を認めて疑うことはない」

自分では決して辿りつけないと理解しながらも、止まることなく歩み続けることができる人間を笑う者はどこにもいない。

「――『英雄に憧れた者』として、その生涯《しょうがい》を俺に誇《ほこ》るような人間になってみせろ」

レイドの言葉に対して、ファレグは顔を上げる。

その瞳に先ほどまでの悲《ひ》哀《あい》な感情は見られない。

その瞳の奥《おく》には、新たな目標へと向かうための炎《ほのお》が煌々《こうこう》と宿っている。

そして……ファレグは差し出された拳に対して、自身の拳を突き合わせた。

「……分かった。ファレグ・ヴェルミナンの名に誓《ちか》って必ず果たすと約束する」

「期待してるぜ。お前は俺が唯一剣《ゆいいつけん》を教えた人間なんだからな」

そう笑い掛けてから、レイドは軽く肩を竦める。

「まぁ定期的に成果を見てやるからサボってたら殴《なぐ》りに来てやるよ」

「…………うん？」

「ん？　どうした？」

「どうして定期的に成果を見られるんだ？」

「そりゃ師として弟子《でし》がサボってたら活を入れる必要があるだろ」

「そうじゃなくて、お前たちは向こうに渡って二度と戻《もど》らないのだろう？」

「いや定期的に戻ってくる予定だぞ？」

「定期的に戻ってくるッ!?」

「今回の遠征《えんせい》予定は一ヵ月くらいだから、それで区切りがついたらって感じだな」

「そんな短い周期で戻って来られるくらいの感じなのかッ!?」

「聞いた話だと二つの世界は時間が歪んでいて進行する時間が違うから、多少は前後するだろうけどな。もしかして今生の別れとでも思ってたのか？」

「当然だろうッ⁉　別の世界に渡ると聞いて、しかも死地に向かうなんて聞いたら二度と会うことができないと思うに決まっているだろうがッ‼」

「あー、それは俺の説明不足だったな」

「その説明不足で僕は覚悟を試《ため》されて首を絞められたんだがなぁッ‼」

普段の調子を取り戻したファレグを見て、レイドは手を振りながら笑う。

「安心しろよ。お前が憧れた奴は誰《だれ》よりも強いし、俺の背中を追いかけるって人間がいるのなら、何があろうと生き残って最後まで生き様を示し続けてやる」

不敵な笑みと共に、レイドはファレグに向かって告げる。

「それが――『英雄』と呼ばれる人間としての責務ってやつだからな」

二章

――その地に降り立ったのは、本当にただの気まぐれだった。

きっと、渡り鳥が羽休めのために木の枝に止まったようなものだったと思う。

自分の想《おも》いを踏みにじった者たちに怒りを覚えて、その制裁を加えるために所々を飛び回って、それだけでは飽《あ》き足らずに人々が築き上げたものを子供の癇癪《かんしゃく》のように壊《こわ》し尽《つ》くして、その途中で立ち寄った程度のことでしかなかった。

だから、少し休んだ後には再び飛び立つことになる。

まだ自身の中にある怒りと憎悪《ぞうお》は消えていない。

その炎が燃え続ける限り、自分の想いを踏みにじった者たちを許すことはない。

それが――『魔法《まほう》』を創り出した者としての責務だ。

「邪魔《じゃま》」

空を見上げながら指を打ち鳴らすと、山頂の周囲を漂《ただよ》っていた雲が開けて散る。

視界に星々の大海が広がり、夜空に輝《かがや》く月から降り注ぐ光を浴びる。

そうして、空を見上げるのはいつしか日課となっていた。

理由は自分でも分からない。

ほとんどの時間を部屋の中で過ごして研究に明け暮れていたせいか、たまに外へと出た時に空気の淀んだ帝都《ていと》の空を眺めるのを嫌《きら》ったのか、以前には空を見上げてみようと思うことすら無かった。

もしくは……足元を這う虫のような存在を視界に捉《とら》えたくなくて、地面から目を逸《そ》らすように空を見上げるようになったのか。

だが、空を眺めて特に何かを想うわけでもない。

瞬《また》く星々を見て感動するわけでもなければ、地上を照らす月の姿に神性などを抱いて心が動くといったようなこともない。

ただ浮《う》かんでいるから眺めているだけ。

邪魔だと思ったら空ごと星々を覆《おお》い隠《かく》し、浮かんでいる月が煩《わずら》わしいと感じたら砕《くだ》いてしまえる身になってしまったからこそ、もはや何も思うところはない。

だからこそ、その理由を知りたくて空を眺めるために留《とど》まったのかもしれない。

そうして、子供の時のように些《さ》細《さい》な疑問を解消したいと思わなければ――彼女《かのじょ》と出会うようなことも無かっただろう。

「お……おおおおおおっっ⁉」

気配を感じ取ったのと同時に、間抜《まぬ》けな声が背後から聞こえて振り返る。

そこには発した声に負けないくらい、間抜けな表情をした少女がいた。

口をぽかんと開けて、首を天上に向けて食い入るように星々を眺めていた。

「この地に住み続けて物心がついてから十数年っ！　定期的に通い続けてお弁当を片手に一人夜パーティという寂《さび》しい日課をしていた中で初めて目にする絶景の星空っ！　こんな奇跡《きせき》を目の当たりにできたのは私の積み上げてきた徳がうわああああああああっっ⁉」

そして一息でよく分からないことを喋《しゃべ》ったかと思えば、いきなりこちらを指さしながら足を滑《すべ》らせて尻《しり》もちをついていた。

「え、あ……なぜにこんな夜中の地元民すら通らない山中に人がっ⁉　まさかの私の知らないところで滑落《かつらく》した人間がいて幽霊《ゆうれい》として出てきたとかってやつですかっ⁉　ですが、ここでお弁当という伏線《ふくせん》を活《い》かしてお供え物で退散コースとかいかがでしょうっ⁉」

またもや一息で言葉を並べてから、今度は跪《ひざまず》きながら布包みを差し出していた。

だから……最初の印象は『すごく騒《さわ》がしい人間』というものだった。

「ということで、どうでしょうっ⁉」

「いらない」

「ダメです消えないタイプの幽霊でしたッッ!!」

「…………………」

「……あれ？　もしかして幽霊じゃなくて生きてます？」

「…………………」

「無言の圧力による怒りのオーラが放たれているッ!!」

「違う」

「その否定は怒《おこ》っていないという判定でよろしいでしょうかっ!?」

「うん。だけど、うるさい」

「ああ、それは素直にすみません……。ところで普通《ふつう》に生きておられる方っぽいですけど、どうやってここに来たんですか？」

「空を飛んで」

「おおっ！　もしかして帝都とかで噂《うわさ》の魔法士ってやつですか!?」

「その認識《にんしき》でいい」

「わぁ……人間も飛べる時代が来たんですねぇ……」

うるさいと言ったのに、少女は何度もこちらに話しかけてきた。

こちらが無言や素っ気なく言葉を返しても、少女はめげずに何度も話しかけてきた。

別にそれが不快だったというわけではない。

そんな感情さえも浮かばない。

不意に小動物を見かけて、なんとなく声を掛けたら鳴き声を返してきたから言葉を返しているようなものでしかない。

そんな相手なのだから、少女のことなど忘れるだろうと思っていた。

「おっと……つい長く話し込んじゃいましたね」

「そっちが話していただけ」

「あはは、まぁそうなんですけどね。とりあえず夜も遅《おそ》いですし、近くに私が住んでいる村があるので今日は泊《と》まって行かれますか？」

「わたしはここにいる」

「そんな遠慮《えんりょ》しなくても――」

「わたしは『魔王《まおう》』だから、何も心配はいらない」

食い下がる少女に対して、圧を掛けるように人間から与《あた》えられた呼び名を口にする。

魔法によって人々を殺し回る、『魔王』と呼ばれる大罪人。

誰もが自分の姿を見る度に、同族である人間を殺す度に、人間たちは怒りと憎悪を浮かべながら『魔王』という名を口にして死んでいった。

この付近よりも辺鄙《へんぴ》な場所にある小さな集落ですら、自分が魔法を使う姿を見て泣きながら命乞《いのちご》いをするほどに、人々の間で『魔王』という存在は浸透《しんとう》していた。

「あー……なんか町に出た時に聞いたことがありますね。大陸で暴れ回っている犯罪者が『魔王』って呼ばれているとかなんとか」

だからこそ、目の前の少女も同じ反応をすると思っていた。

「それで、本当の名前はなんなんですか？」

「…………名前？」

「はい。そんな可愛らしい見た目で『魔王』って呼ぶのも変ですし、名前を知っておかないと村の人たちに説明するのも難しいですからね」

そう、こちらの身の上を知りながらも少女は屈託《くったく》のない笑みと共に告げる。

「――私はミリス・ランバット、これも何かの御縁《ごえん》なので友達になりましょうっ！」

◇

それが、自分にとって初めて『友達』と呼べる少女の名だった。

第一世界へと転移する準備は粛々《しゅくしゅく》と進行していった。

完全に『世界樹』の稼働《かどう》が安定したのを確認《かくにん》し、第一世界側の再襲撃に備えて迎撃態勢の整備や人員確保を行い、エリーゼとディアンから知識と知見を得て魔法や魔具《まぐ》技術の向上に努めて環境を整えていった。

そして、レイドたちは――


「――さて、それじゃ向かうとするか」

大剣《たいけん》を担《かつ》ぎながら、旅装姿のレイドが背後にいる面々に告げる。

「せっかくだから盛大《せいだい》な見送りとか欲《ほ》しかったんですけどねぇ……」

「仕方ないだろ。第一世界のことや俺たちのことは一部の人間しか知らないし、理由があるとはいえ俺たちみたいなガキが死地に行くなら説明も必要だしな」

時刻は早朝、『世界樹』の根元にいるのはレイドたちだけで、周囲には人影《ひとかげ》どころか周辺を航行する船の姿もない。

第一世界の件はレイドたちが対処を行うか、向こうからの再襲撃が起こった際に周知される手筈《てはず》となっており、段階的に情報を公開して浸透させることで、人々の混乱を最小限に留めることになっている。

エリーゼを始めとした一部の者たちにも見送りについては事前に断っており、挨拶《あいさつ》については その時に交《か》わしておいた。

しかし、それは当然ながら別れの挨拶ではない。

「冗談《じょうだん》ですってば。向こうに行ったら軽口も叩《たた》けなくなるので、今の内に緊張《きんちょう》を解しておこうと思って言ってみただけですよ」

「そうだな。特にオレたちは気を引き締《し》めていかなければ命を落としかねない」

ミリスとウィゼルが強張《こわば》った表情で頷《うなず》き合う。

そんな二人の様子を見て、エルリアが改めて問い掛ける。

「まだ間に合うから、怖《こわ》かったらやめてもいい」

「いやいや、それは野暮《やぼ》ってもんですよ、エルリア様」

「ミリス嬢《じょう》に同意だ。友人の力になると決めた時から、オレたちは覚悟を決めて今日までの日々を過ごしてきたわけだからな」

準備の間、二人に対しては可能な限りの知識や生存技術を教え込んでおいた。

情報がない場所で行動する際の優先順位、星々や魔力《まりょく》脈から現在地を把握《はあく》する術《すべ》、地形や環境を利用した安全確保の方法、緊急《きんきゅう》事態が発生した際の対処法、自然界にある物を利用して作る即席《そくせき》の道具など、生存するために必要な知識は全て叩き込んである。

「できれば向こうに着いたら、虫を食べるような事態が避《さ》けられるといいですね……」

「そうだな……ダマナサピトの幼虫は今思い出しても吐《は》き気《け》がする味だった……」

「味は最悪だけど、数匹《すうひき》で一日に必要な栄養が賄《まかな》える有用な可食虫なんだぞ」

「閣下そこじゃないわ。普通は虫を食べるっていう絵面がキツイのよ」

　アルマが呆れながら二人に対してフォローを入れるが、レイドたちは首を傾げる。

「まぁ分からんでもないけど……エルリアってそういうの気にするか？」

「急いでる時は気にしない。だけど時間がある時は潰《つぶ》してお団子にしてた」

「そこは気にする性分《しょうぶん》だったか」

「わたしは平気だけど、ティアナが『美少女が虫を食べちゃいけません！』って怒るから、他の人たちに配慮《はいりょ》してお団子にしてた」

「別に腹に入れたら同じなのにな。味だって塩を掛ければ解決するもんだし」

「やっぱり塩は全てを解決する」

「くうッ……一ヵ月前は適当に聞き流しましたが、今は同意せざるを得ないっ！」

「本当に塩は偉大《いだい》な存在だったな……ッ！」

「あたしと閣下が聴取《ちょうしゅ》とかしてる間、あんたたちも色々大変だったのねぇ……」

　塩を崇《あが》め讃《たた》える二人に憐《あわ》れみの視線を向けてから、アルマは軽く咳払《せきばら》いをする。

「それじゃ出立前に改めて確認しておくわよ。まず第一世界への転移先はディアンの情報で既《すで》に確定できていて、あたしたちも第一世界側のパルマーレ沖に転移する。転移先は海上になるから、あたしの《英賢《えいけん》の旅団》で移動できる者を呼び出して『楽園』を目指すわ」

「だけど中央大陸には『楽園』以外に人間の生活できる場所がなくて、パルマーレ近辺についても『災厄《さいやく》』がうじゃうじゃいる危険な状況《じょうきょう》なんですよね？」

「正確には北東部のアルクティカに防衛前線があるって話だったけど、そこにはもう一人の『英雄』とアルテイン軍が駐屯《ちゅうとん》しているから上陸や迂回《うかい》もできない。だから最短ルートで上陸した後は『楽園』があるノアバーグに向かって直行よ」

「……険しい道のりにはなるだろう。ディアン卿《きょう》の話ではノアバーグ周辺は他所《よそ》と比べても『災厄』の数や種類が異常に多く、魔力汚染《まりょくおせん》以後は完全に孤立《こりつ》しているそうだからな」

「新しく三人の『英雄』が生まれて『楽園』への到達《とうたつ》も計画に挙がったらしいけど、貴重な戦力を失う可能性を考慮《こうりょ》して頓挫《とんざ》したらしいわね。一応、通信魔具みたいなもので『楽園』側からの発信連絡《れんらく》が確認されているから存在するのは確定しているそうだけど」

「そこに五人……むしろ戦力的にはレイドさんとエルリア様の二人で突っ込むわけだから普通は無謀《むぼう》な作戦ですけど――」

ミリスが言葉の途中で視線を向けたことで、ウィゼルとアルマも顔を向ける。

「ということで、レイドさんとエルリア様の意気込《いきご》みをお願いします」

「『どれだけいても全部薙《な》ぎ倒すから問題ない』」

「脳筋すぎるコメントでしたが実績は十分なので大丈夫《だいじょうぶ》でしょうっ！」

「オレたち自身も二人には絶大な信頼《しんらい》を寄せているからな」

「そんなあり得ない力業《ちからわざ》で解決するとかアルテイン側も想定しないわよねぇ……」

三人が神妙《しんみょう》な面《おも》持ちで頷く中、エルリアがぴこんと小さく手を挙げる。

「むしろ、注意しないといけないのは転移先の魔力汚染だと思う」

「ええと……自然から生じる魔力を利用した魔法は禁止、ということですよね？」

「うん。下手に魔力を取り込んだら魔法そのものや魔装具に影響《えいきょう》が出るかもしれないから、必ず自分の体内で生成される魔力を使わないといけない。普段《ふだん》よりも魔力消費が激しくなって回復も遅《おく》れるから、魔力管理は普段以上に徹底《てってい》する必要がある」

「そこが魔法士としては厳しいところよねぇ……。別種の魔力を持つ閣下とか、そもそも桁違《けたちが》いの魔力があるエルリアちゃんはともかく、あたしの魔法は周辺魔力を利用して大量の依《よ》り代《しろ》を作る形だから、今回は本当に移動とか補助が限界でしょうね」

「私は魔力量には自信がありますけど……戦闘とかでは役に立てないので、自衛として結界や障壁《しょうへき》を張ることだけに気を付ければいいんですよね？」

「うん、戦うのはレイドとわたしだけ。もしも間違《まちが》えて魔力を取り込んだら、ウィゼルが強制的に魔装具を止めて欲しい」

「承知した。そちらに気を配りつつ、魔装具の補修や原因特定はオレが行い、回路補修についてはミリス嬢に行ってもらう」

「そっちはお任せくださいっ！　カリルさんの紹介《しょうかい》で魔法細工師の方々から基礎《きそ》や最低限の知識は教えていただきましたし、その後にカリルさんからお墨《すみ》付きをいただいたので全部問題なくこなせるかと思いますっ！」

準備の最中、ミリスは合間を縫《ぬ》ってブランシュの工房に立ち寄り、魔法細工師としての知識や技術修練を行っていた。

知識量という面については圧倒的に劣るが、それらを持ち前の才能で理屈《りくつ》を感覚的に理解し、その精密的な魔力操作も相まって、現在の時点で他の魔法細工師を超《こ》える段階まできているとカリルから太鼓《たいこ》判《ばん》をもらっていた。

「そこだけはバッチリ自信が付いたので私も力になれることでしょうっ！　なにせカリルさんから『ぜひお嫁《よめ》さんとして来てー』という御言葉《おことば》までいただきましたからっ！」

「あの姉はついに異性を諦めて同性を娶《めと》る方向に至ったか」

「いや、ウィゼルさんを利用して合法的に義姉《あね》になるって息巻いてましたよ？」

「あの姉は本当に適当なことしか言わない人間だな……ッ！」

「まぁまぁ。戻ってきて私が正式な魔法細工師になったら一緒《いっしょ》に仕事することも多いと思いますし、今後も仲良くやっていきましょうって意味だと思いますよ？」

「ミリス嬢……それは姉のことを理解していないと思うぞ」

「いやいやまっさかー。社交辞令とかそんな感じですってば」

呆れるウィゼルに対して、ミリスが笑いながらぽんぽんと肩を叩く。

そんな二人の様子を見て、レイドとエルリアは静かに頷き合った。

「これはまずいかもしれない」

「そうだな。ちょっと良くない流れになってきた」

「え？　何か問題があるんですか？」

「千年前、兵士たちの間で有名だったジンクスがある」

「そいつは婚約者《こんやくしゃ》がいて、出兵前に『この戦争が終わったら結婚《けっこん》しよう』って告げたんだが、直後に不慮《ふりょ》の事故で亡《な》くなってな……。他にも同じようなことを言って亡くなった人間が多発したから、戦《いくさ》の前で色恋沙汰《いろこいざた》を口にすると死ぬってジンクスが――」

「ウィゼルさん今すぐ全力ビンタしてもいいですかッ⁉」

「理不尽《りふじん》な暴力がオレに襲《おそ》い掛かろうとしている」

「ピンタして眼鏡カチ割って手酷《てひど》い言葉を浴びせればセーフかもしれませんからッ！」

「肉体的には生き残れそうだが、オレの精神が死にそうだな」

普段通りのやり取りを見て、レイドとエルリアは笑《え》みを浮かべる。

「——さて、それじゃそろそろ向かうとするか」

レイドの言葉に従って、エルリアが『世界樹』の根元に触《ふ》れる。

その直後——根元に巨大《きょだい》な洞《うろ》が生まれた。

何も見えない真っ暗な空間。

その先で何が待っているのか、全てを果たした後の結末がどうなるのか。

それは今のレイドたちには分からないが——

「サクッと世界を救って、みんなで帰って美味《うま》い飯でも食べようぜ」

その言葉に全員が頷いたところで、レイドたちは『世界樹』の洞に飛び込んだ。

◇

『世界樹』の洞に飛び込むと、得体の知れない感覚に包まれた。

水流を漂うような、空中で風に包まれているような、しかしその全てとは明確に異なると分かる奇妙《きみょう》な感覚。

その感覚を受けながら、レイドたちは緩《ゆる》やかに下降していた。

そして、暗闇《くらやみ》の先に光が見えた直後──


レイドたちは空中に放り出された。


得体の知れない感覚から、身体が風を切る慣れ親しんだ感覚に変わる。

「おー、なんか時間を移動するってわりには呆気《あっけ》ない感じだったな」

「意外とお手軽感がある」

「お二人ともよく落下しながら冷静に会話できますねぇッ⁉」

ミリスたちも同じように空中へと放り出されており、同じように上空で身体が投げ出されている状況ではある。

だが──

「──そんなことより、この世界ってやつを見ないといけねぇからな」

レイドたちの眼下に広がる世界。

それはどこか見覚えのあるような地形ではある。

しかし、遠くに見える大陸は違う。

紫黒色《しこく》の靄《もや》によって包まれている大陸。

その靄によって太陽や蒼空《そうくう》は隠され、深く濃《こ》い影が大陸全土を覆っている。

「確かに滅亡《めつぼう》寸前とか言われても不思議じゃない雰囲気《ふんいき》だ」

「うん。実際に魔力が可視化されているくらいだから、相当な濃度《のうど》の魔力が漂っているっていうことになる。あんな状態じゃ人間は生き残れないし、普通の生物も存在できない」

魔力は多くの恩恵《おんけい》をもたらすが、過剰《かじょう》に増えれば劇薬にも変わる。

その一例が『魔獣』と呼ばれる存在だ。

大地の下を巡《めぐ》る魔力脈の中には魔力が滞留《たいりゅう》する箇所《かしょ》があり、そこから噴出《ふんしゅつ》した濃厚《のうこう》な魔力は周囲に変化を与え、その魔力に適応しようと動植物は進化することが多い。

具体的には体内へと蓄積《ちくせき》された魔力を薄《うす》めるために巨大化《きょだいか》、過剰に摂取《せっしゅ》した魔力を消費するための特異な能力や器官を保持するといったものだ。

それらが巨大化する前に既存《きそん》の獣《けもの》と交配する、もしくは魔力を多く含《ふく》んだ植物等を食用として摂取することで新たな変異を生むことになる。

しかし魔力汚染によって生態系を崩《くず》すこともあれば、適応して濃縮《のうしゅく》された魔力を浄化《じょうか》し希釈《きしゃく》して浄化作用をもたらすなど、人間にとって有益である場合も少なくなかったことから、人類は自身の生活と生態系維持《いじ》のために選定を行いながら共存してきた。

だが、第一世界の現状はその領域を超えている。

「もう変化や適応が起こらないほどに、魔力の濃度と質量が膨《ふく》れ上がっている。それを浄化する存在も生まれなければ、地上から魔力を回収して濃度と質量を均一化する魔力脈さえ機能しない。だから――あれはもう『死んだ世界』としか言えない」

眼下に広がる光景を眺《なが》めながら、エルリアは表情を歪《ゆが》めながら言う。

それをもたらしたのは、別の時間軸《じく》を辿《たど》ったエルリア自身だ。

だからこそ、別の人格とはいえ自分が「世界を殺す決断までに至った」ということに対して複雑な心境を抱《いだ》いているのだろう。

「そんな顔するんじゃねぇよ。その状況を変えるために来たわけだからな」

「……うん、がんばる」

レイドが笑いながら頭を軽く撫《な》でると、エルリアが和《やわ》らいだ表情で口元に笑みを作る。

そして――

「「「とりあえず今はイチャついてる状況じゃないッッ!!」」」

「あー、そろそろ海が近づいてきたか」

「眺めるのに夢中で忘れてた」

必死に落下体勢を整えている三人とは対照的に、レイドたちは軽い様子で眼下の海を見《み》据《す》えながら大剣と杖《つえ》を構える。

「エルリア、俺が先行するから補助を任せる」

「ん、いってらっしゃい」

ふりふりと手を振《ふ》るエルリアに見送られてから——


レイドは虚空《こくう》を勢いよく蹴《け》り上げた。


今の僅《わず》かなやり取りの間、エルリアが瞬時《しゅんじ》に意図を察して生成した足場。

それをレイドの加速に合わせながら、エルリアが減速地点に足場を生成していく。

「さて——まずは何匹《なんびき》釣れるか試してやろうじゃねぇか」

大剣を大きく下段に構え、体勢を整えながらレイドは海中へと深く突入《とつにゅう》した。

水圧と衝撃《しょうげき》を受けながらも、レイドは一切《いっさい》体勢を崩さない。

身体に迸《ほとばし》る力の奔流《ほんりゅう》を確かめ、その『力』の扱《あつか》い方《かた》を強くイメージする。

過去、レイドとエルリアは五十年に亘《わた》って幾度《いくど》となく対峙し、両軍に人的被害《ひがい》が出ることがないように、戦争という体《てい》を崩さないように立ち回ってきた。

しかし、その関係に至るまでには外部からの介入《かいにゅう》が多々あった。

エルリアが考案した魔法と魔法士部隊の戦功を見て、ヴェガルタ内にいた過激派の一部が他国と手を組んで買収した魔法士たちを派遣《はけん》し、戦争調停のために赴《おもむ》いたアルテインの外務官と『英雄』の襲撃《しゅうげき》計画を立てた。

事前に綿密な計画を立て、魔法士だけでなく魔術《まじゅつ》知識を持つ者たちが祭壇《さいだん》と儀式《ぎしき》を組み、その進路上に『小さな星々を降らせる』という内容だったと聞いている。

その計画に掛《か》かった費用や期間だけでなく、自国の領土さえも犠牲《ぎせい》にする捨て身の策であったが、それで『英雄』が殺害できるのなら安いと判断したのだろう。

だが――それは叶《かな》わなかった。

長年の歳月《さいげつ》と多くの人員を懸《か》け、それに伴《ともな》う犠牲さえ覚悟《かくご》したにもかかわらず、『英雄』と呼ばれた男は降り注いだ星々を一刀の下に斬《き》り伏《ふ》せた。

その光景について、当時の外務官は報告書という形で詳細《しょうさい》を残している。

『降り注いできた星々が大獣に飲《の》み込《こ》まれたように消え、その衝撃に追いやられた雲海が噛《か》み痕《あと》のように半月を描《えが》いていた』と。

「────《星噛》」


レイドが大剣を水平にして振り抜いた瞬間《しゅんかん》。

海が半月を描くように広く大きく穿《うが》たれた。

その衝撃波《しょうげきは》によって天上に昇《のぼ》った海水が蒸発し、巻き上げられて粉砕《ふんさい》された海底と混ざり合うことで半月上の塵雲《じんうん》が空中に生まれている。

そして──その最中《さなか》に浮かんでいる黒い影。

それらは異形と呼ぶに相応《ふさわ》しい姿をしていた。

海蛇《うみへび》に似た姿形でありながら、細く痩《や》せ細《ほそ》った人間に近しい四肢《しし》を持つ異形。

目鼻を持たず、身体に不釣《ふつ》り合いなほど巨大な大口を持つ異形。

巨大な眼球から無数の触手《しょくしゅ》が伸びている異形。

貝のような甲殻《こうかく》に悍《おぞ》ましいほどの口が生えている異形。

大きさこそ大小のバラつきはあるが、皆《みな》等しく異常な姿を持った存在。

「……こいつらが《落とし子》って奴《やつ》らか」

《災厄》から生み落とされる異形の存在。

それが《落とし子》と呼ばれる異形たちであり、《災厄》が吸収した魔力によって生み出され、その移動と共に周囲へと振り撒《ま》かれ、《災厄》と同様に魔力を吸収して魔力汚染の拡大や外敵の排除《はいじょ》のために行動する。

《災厄》よりも脅威度《きょういど》は下がるが、汚染魔力《おせんまりょく》によって変異した肉体はレイドたちが知る魔《ま》獣《じゅう》以上に強靭《きょうじん》で耐久性《たいきゅうせい》があり、一体に対して数十人の魔法士を動員して対処に当たらなくてはならないとディアンは語っていた。

しかし、それは『英雄』と『賢者《けんじゃ》』には当てはまらない。

「これで潰れないなら手加減は不要そうだな。エルリア、もう殲滅《せんめつ》していいぞ」

そうレイドが上空に向かって呼びかけた直後――

空の上に漂っていた塵雲が動きを止めた。

「それじゃ、まとめて終わらせておく」

塵雲に魔装具を向けながら、エルリアは静かな呟《つぶや》きと共に杖を振り下ろす。

「――《弾劾《だんがい》の砂《さ》刃《じん》》」

エルリアの言葉に従うように、動きを止めていた塵雲が異形たちを両断した。

振動《しんどう》する砂粒《すなつぶ》の刃《やいば》が強靭な異形たちの肉体を易々《やすやす》と抉《くじ》り断《だ》ち、弾《はじ》けた砂粒たちが肉を内側から爆《は》ぜ散らせて原形を失わせる。

そうして《落とし子》たちの対処を終えてから、エルリアは海底へと降下してレイドの手を取り、そのまま飛行して近くの海岸に着地する。

「おー、似たようなやつは前にも見たけど、生物に使うとなんかエグい感じだな」

「ん……それって、わたしがアルテインの船をたくさん壊したやつ？」

「そうそう。戦線の裏を取ろうとした別動隊が全滅《ぜんめつ》したやつだ」

それも二人が対峙《たいじ》するようになった初期の話だ。

海岸沿いに前線を敷《し》いていた際、ヴェガルタ軍の背後を取るためにアルテイン軍は船舶《せんぱく》による海上部隊を投入して挟撃《きょうげき》を目論《もくろ》んだ。

それはヴェガルタの最大戦力であるエルリアを標的にした作戦だったが、海上部隊からの伝令は単純かつ明瞭《めいりょう》な内容だった
『海上部隊の全滅による作戦中止』

その短い見出しの後、生存した兵士は詳細を綴《つづ》った。

『上陸を阻《はば》むように砂塵《さじん》の竜巻《たつまき》が船舶を襲撃し、砂塵によって船体の全てが削《けず》り取られるように抉《えぐ》られて沈没《ちんぼつ》し、全兵力が海に投げ出される事態に陥《おちい》った』と。

その際、海上部隊と共に赴いていたのがレイドだった。

「あの時は俺《おれ》も大変だったんだぜ？　無理だから引き戻せって言ってんのに間抜けな上官が無理やり上陸しようとするし、それで船が全部ぶっ壊れたから俺が適当に地面を殴って陸地を作ってやったりしてよ」

「うん。わたしはそっちに居なかったけど、なんか『不可解な形に地形が変わってる』っていう報告が来たからレイドが無茶苦茶《むちゃくちゃ》したんだろうなって思った」

「お前の方が無茶苦茶だろ。前線で戦いながら遠く離《はな》れた着岸点の状況を感知して、超遠隔《ちょうえんかく》から魔法で無人防衛してくるとか海上部隊の奴らが絶望してたぞ」

「戦いは始まる前から決まっているっていうのを実行した結果」

そうエルリアが自慢《じまん》げに胸を反らす。

当時は魔法士と呼べる存在がエルリア以外におらず、魔法がどれほど脅威《きょうい》か正しく認識されていなかったこともあり、安易な作戦によって部隊が壊滅《かいめつ》することも多かった。

その事件があったからこそ、アルテインは魔法が脅威だと正しく認識する形となった。

そんな会話を交わしていた時――二人の上に大きな影《かげ》が差した。

騎乗具《きじょうぐ》を身に着けた小型の飛竜《ひりゅう》たち。

それらがミリスたちを背に乗せ、レイドたちが立つ海岸に降下してくる。

そして――

「――おー、あれがレイド爺《じい》ちゃんの若い頃《ころ》の姿なんだ」

聞き覚えのある懐《なつ》かしい声を聞いて、レイドは飛竜を見上げながら軽く手を挙げた。

「おう。久しぶりじゃねぇか、フェリウス」

「うわー、反応はレイド爺ちゃんだけど私より十個くらい年下とか違和感《いわかん》だなぁ……」

「違和感しかないだろ。俺からすれば千年前に死んだ人間と会話してるわけだしな」

「あは、言われてみりゃそうだよねぇ」

無造作にまとめた茶髪《ちゃぱつ》を揺《ゆ》らし、フェリウスはにかりと歯を見せながら笑う。

その笑い方は今でも覚えている。

彼女は同じ部族の仲間に騙《だま》されて奴隷《どれい》商人に売り渡《わた》されて、魔獣の言葉が分かるという触れ込みで見世物にされ続けたことで、出会った時には完全な人間不信に陥っていた。

レイドに助け出された時も死人のような表情で感情の起伏《きふく》が無く、何か役に立ちたいと言って現地兵に志願した時も、その訓練中も表情を変えることは無かった。

だから正規兵への昇格《しょうかく》を言い渡した際にレイドは告げた。

『兵士はどこで死ぬか分からない。だから死んだ時のために日頃《ひごろ》から笑うことを心掛《こころが》けろ。仲間たちに思い出してもらう時、どうせならお前の笑顔《えがお》が浮かぶようにしてやれ』

そう言ってレイドが手本のように歯を見せて笑い掛けた時、そこで初めてフェリウスは泣きながら同じように笑ってみせた。

以降は徐々《じょじょ》に感情を取り戻《もど》していき、レイドが見せた笑顔を真似《まね》るようにして笑い掛けるようになり、歳《とし》を重ねても少女のような爛漫《らんまん》とした笑みを見せた。

そんな彼女を間近で見てきたからこそ、目の前にいる女性が間違いなくフェリウス本人だと理解できる。

「本当にすごいもんだな。また千年前の仲間と会話できるとは思ってもいなかった」

「正確には当時の容姿や人格を再現しているだけだけどね。だけど本人が遺《のこ》した魔力、そこに込められた記憶《きおく》を参照して再現しているから本人と遜色《そんしょく》ないでしょ？」

「マジで本人そのものだ。当人を知っている俺が言うんだから間違いないぞ」

「ふふん、そりゃあたしが特級魔法士の威信《いしん》と誇《ほこ》りを懸けて作った魔法だもの」

そうアルマが飛竜に乗りながら自慢げに胸を反らす。

レイド自身が魔法に詳《くわ》しくないので詳細は分からないが、疑似的《ぎじてき》でも過去の死者と会話ができるというだけで規格外なのだから、アルマが胸を張るのも頷けるというものだ。

「……まぁ、そのせいで欠点も一つあるんけど」

「…………欠点？」

「これは説明するより聞いた方が早いと思うわ」

げんなりした表情を見せてから、アルマが蒼白《そうはく》の軍旗を軽く振る。

その直後──

『おい閣下に対する今の態度はなんだ。お前は私の子孫であるという自覚が足りていない。閣下に対する無礼な言動は『英雄《えいゆう》』に付き従ってきた我々に対する無礼であり、先祖である私に至っては生涯《しょうがい》を懸けて積み上げてきた信頼と評価を著《いちじる》しく下げるものだと──』

「こんな感じで閣下大好きマンの言葉が定期的に流れるようになったわ」

「ライアットの長時間説教は死んだ後も変わらなかったか」

『閣下ッ⁉　この声はまさかフリーデン閣下ですかッ⁉』

そんなライアットの叫《さけ》ぶ声が聞こえた直後、重なるようにして声が響《ひび》き渡る。

『おいレイドがいるのかァッ⁉　また小さくて見えねぇぞッ⁉』

『あいたぁ……ブードさん、あんまデカイ声出さねぇでくださいよ』

『ああッ⁉　ちゃんと小声で囁《ささや》いてるじゃねぇかよッ⁉』

『それ囁きだったんかい……まったく《駐屯地《ちゅうとんち》》の外にいるフェリウスが羨《うらや》ましいさね』

懐かしい大音声《だいおんじょう》と方言交じりの声が軍旗から聞こえてきた。

「ブロフェルドとヴァンスか。他の奴らもいるのか？」

『おおおおおッッ⁉　なんか声違《ちげ》ぇけどレイドみてぇな奴の声がしたぞッッッ‼』

『うるさぁ……向こうだとレイド爺さんは十代なんだから声も違《ちが》くて当然でしょうや』

『お、なになにー？　これ今は向こうと繋《つな》がってんのー？』

『ということはエルリア様もいるってことかいッ⁉　どうもゼルシスでーすッ‼』

『うわ自分だけアピールとかウザっ！　エルリア様ーっ！　リンシアもいるから聞こえてたら返事ちょうだーいっ‼』

「ゼルシスとリンシアの声が聞こえる」

『『エルリア様のかわいい声だやったあああああああああッッッ‼』』

そんな二人の絶叫《ぜっきょう》が起爆剤《きばくざい》となったのか、軍旗から数えきれないほどの声が発せられて重なり、大小様々な歓声《かんせい》が周囲に響き渡る。

その様子を見て、レイドとエルリアは互《たが》いに見合ってから頷き――

「「――――傾注《けいちゅう》ッ‼」」

二人が声を揃《そろ》えて告げた瞬間、即座《そくざ》に大音声が止まって静まり返る。

たとえ姿は見えずとも、その様子だけで光景が思《おも》い浮《う》かぶ。

信頼する上官の言葉を聞くため、姿勢を正して立ち並んでいる者たちの姿。

瞬時に張り詰《つ》められた空気の中、レイドはアルマに向かって言葉を掛ける。

「アルマ、余力はあるだろうからライアットとティアナ嬢ちゃんを顕現《けんげん》させてくれ」

その言葉を聞いて、アルマは緊張した面持ちで小さく頷く。

そして――レイドたちの眼前に二人の人影が生まれる。

軍旗を地面に突《つ》き立てて直立する黒髪《くろかみ》の青年。

宝玉の付いた杖を傍《かたわ》らに携《たずさ》えた金髪《きんぱつ》の淑女《しゅくじょ》。

「総代伝達だ、旅団旗手ライアット・カノス」

「同じく。連隊指揮官補佐ティアナ・フォン・ヴェガルタ」

畏《かしこ》まった表情で直立する二人に対して、レイドとエルリアは頷き合ってから告げる。

「これから俺たちは世界を救うなんていう大それたことを行う。だが、たとえ万人《ばんにん》が不可能だと口にしようとも、俺たちのことを深く知るお前たちならば理解できるはずだ」

「わたしたちは敵同士でありながら、五十年という歳月を互いに戦い抜《ぬ》いてきた。それらは全て理想の世界を実現するためであり、たとえ先人が戦場の中で倒《たお》れようとも新たな者が遺志を継《つ》ぎ、理想のために力を尽《つ》くしてきた」

千年前、『英雄』と『賢者』は五十年に亘って戦い続けた。

立場は違えども、両者は同じ想《おも》いを抱いて理想の世界を追い求めていた。

その意志を理解した者たちだからこそ『英雄』と『賢者』に付き従い、象徴《しょうちょう》である両者の死後も遺志を継いで理想郷を実現してみせた。

だからこそ――


「だから、もう一度『英雄』に手を貸してやってくれ」

「だから、もう一度『賢者』のことを手伝って欲しい」


かつての戦友たちに向けて、笑顔と共に二人は告げる。

そして、その答えは既に決まっている。


「再び戦場を共にする許可をありがとうございます――フリーデン閣下ッ!!」

「またお手伝いをさせていただきます――カルドウェン師匠《ししょう》ッ!!」


そう、ライアットとティアナは涙《なみだ》を流しながら力強く敬礼した。

そんな愛すべき部下たちを見て、レイドたちは笑みを浮かべながら言う。

「おーおー、やっぱり泣いたぜ。普段はクソ真面目で俺に向かって説教するほど肝《きも》が据《す》わってるくせに、感極《かんきわ》まると泣きやがるのも変わってねぇな」

「ティアナも弟子《でし》にした時から変わらない。ずっと泣き虫さん」

「また敬愛すべき閣下と共に歩むことができて、泣かないはずがないでしょうッ!!」

「ライアットの言う通りですッ！　本来なら訪《おとず》れることのない機会なんですからッ!!」

子供のようにぼろぼろと泣きながら二人は言葉を返す。

本来なら存在しなかった時間。

二人の死後に遺志を継ぎ、その意志の下に世界を作り上げて礎《いしずえ》となり、互いに一度は死にながらも新たな形で再会するなど、当人たちすら想い描いていなかっただろう。

その奇跡的《きせきてき》な出来事に感情を動かしながらも――

「よし。もう終わったからいいぞ、アルマ」

「みんなバイバイ」

「閣下ッッッ⁉」

「まだ私たち感動の余韻《よいん》に浸《ひた》っているんですけどッ⁉」

「いや俺たち作戦行動中だから時間使ってられないんだよ」

「必要なことが済んだら余計な時間を使わないのが鉄則」

二人が頷き合った直後、ライアットとティアナの姿が輪郭《りんかく》を失っていく。

『閣下ッ！　閣下あああああああああああッッ!!』

『まだエルリア様をぎゅっとしてないっ!!　せめて、せめて匂《にお》いだけでもッッ!!』

「…………ねぇ、あたしこの状態で進まないといけないの？」

「すまんな。なんか余裕《よゆう》ができた時に説教しておくから」

「時間ができたら、みんなまとめてお説教」

「久々の再会でもお二人は容赦《ようしゃ》なくぶった切りましたね……」

「それでも喜びそうなほどの忠誠っぷりだったな……」

そんな感想を背後から受けながら、レイドたちは足早に移動を開始するのだった。

◇

汚染《おせん》された大陸に上陸した後。

レイドたちは慎重《しんちょう》に行路を進んでいた。

「――さてと、これで周辺は片付いたか」

異形の死骸《しがい》を大剣《たいけん》で薙いでから、レイドは後方にいる面々に告げる。

「三次休憩《きゅうけい》地点だ。変わらずに俺が周辺警戒《けいかい》、ミリスとウィゼルは休息をしながら二次警戒、アルマは魔力量を確かめて魔力回復に専念しろ」

「承知した。もっともカノス教員と比べて、オレたちの疲労《ひろう》は微々《びび》たるものだがな」

「そうですねぇ……むしろ何もしていないので居心地《いごこち》の悪さすらあります」

ミリスが荷台の上で苦笑《くしょう》しながら頬《ほお》を掻《か》くと、御者台《ぎょしゃだい》に座《すわ》るフェリウスが首を振る。

「疲労していないように感じているだけで、実際は心身に負担が掛かってるから休める内に休んだ方がいいよ。あなたたちは実際の行軍に慣れていないし、レイド爺ちゃんたちがいるとはいえ緊張が続いて軽い興奮状態でもあるだろうからさ」

「そういうことさね。それで休息を怠《おこた》れば緊張が解けた後の負担が大きくなって、作戦行動に支障が出たら本当の足手まといになっちまって余計にしんどいってもんよ」

「熟練者たちの手厚い助言が心に染《し》みる……ッ」

「それこそ大きな戦《いくさ》が無かったオレたちの時代より、千年前の過酷《かこく》な状況下で生き残ってきた英霊《えいれい》とでも呼ぶべき者たちだからな。こうして会話できているのは不思議な気分だが、そういった助言を直接もらえるのは未熟なオレたちとしても心強い」

「そう考えると、レイドさんたちに教わった私たちからすれば大先輩《だいせんぱい》ですかね？」

「なっはっは。まさか死んだ後に後輩《こうはい》ができるとは思わなんだよ」

笑みを浮かべながら、ヴァンスが定められた食糧《しょくりょう》を並べていく。

アルマが扱う《英賢の旅団》の真価は対軍戦闘《せんとう》だけではない。

千年前という技術や知識の水準が現代よりも低い時代とはいえ、《英賢の旅団》に属する者たちは数多《あまた》の戦闘経験と豊富な知識を持つ熟練の兵士たちだ。

レイドたちが先行した後、馬車を引く竜《りゅう》を駆《か》るフェリウスは荷台に負担が掛からないような道、そして視界が開けていて周囲を警戒しやすい環境《かんきょう》を見極《みきわ》めて進んでいる。

そして兵站《へいたん》を担当していたヴァンスは活動に必要な食糧の配給と管理、周辺の地形や環境を目視しながら休憩地点などを算出している。

その他にも医療《いりょう》を始めとした様々な知識を持つ者たちが所属しており、その全員から状況に応じて知識や経験に基づく助言を引き出すことができるわけだ。

言わば旅団単位の人間の頭脳と知識を自由に引き出せるのだから、様々な状況に対応できる汎用性《はんようせい》においてはレイドやエルリアさえも上回っていると言っていい。

そして、《英賢の旅団》における強みはそれだけに留《とど》まらない。

「んー……子孫ちゃんの魔力状況《まりょくじょうきょう》は変わってないねー。ゼルちゃん的にはどうよ？」

「僕《ぼく》も同じ所見だから問題なさそうだね。昔の魔法《まほう》とは違うけど基礎や派生は僕たちが伝えたものだし、現代魔法の知識を仕入れておいたおかげで正確に判断できそうだ」

「いやぁ……本当に色々相談に乗ってくれてありがたかったわ。おかげで短い期間で魔法の問題点やらを洗い出せたし、魔力活性薬《まりよく》をがぶ飲みした甲斐《かい》があったわ」

リンシアとゼルシスの言葉に対して、アルマは苦笑しながら頬を掻く。

《英賢の旅団》は当人たちの魔力によって当時の記憶や人格を再現する魔法だが、アルマの魔力を変換《へんかん》することで、顕現した者たちの知識と経験を更新《こうしん》することができる。

それによってアルマは魔法士団の主要人員に現代魔法の知識を授《さず》けて、第三者の視点と知識を交えて自身の魔法を短期間で大幅《おおはば》に改良した。

つまり知識と経験を引き出すだけでなく、新たな知識を更新することによって別の知見や意見を得ることもできるわけだ。

「アルマも俺たちとは別の方面で規格外だよな」

「その自覚はあたしもあるけど、なにせ比較《ひかく》対象が閣下たちだからねぇ……」

「そもそも比較するものじゃないが、内容は俺たちと大差ないぞ。お前の場合は戦闘に加えて兵站、補給、医療の後方支援《しえん》が揃っていて、その上で熟達した連携《れんけい》が取れる旅団を自由に呼び出せるんだ。いつでもどこでも一人で国を相手に戦争できるようなもんだぞ」

「暗に自分たちなら単独で国を落とせるってところが閣下らしいわね」

「そりゃできるだろ。被害も何も考えず強引《ごういん》にブッ飛ばせば一瞬《いっしゅん》なんだからよ」

「あたしも含めて、閣下たちが善人じゃなかったら世界が滅《ほろ》んでたわね」

「そうだな。まぁ……それが起こった世界ってのが第一世界なんだろうけどよ」

言葉を返しながら、レイドはエルリアに対して視線を向ける。

地面に魔装具《まそうぐ》を突き刺《さ》し、表情を強張《こわば》らせている姿。

「エルリア、調査の方はどうだ」

「……すごく、難しい感じかもしれない」

エルリアにしては珍《めずら》しく、弱音に近い言葉を口にする。

汚染された魔力は大陸のほとんどを覆《おお》っている状況下《じょうきょうか》にあるため、その状況を解消するためにエルリアは休憩の度に汚染魔力の中和や魔法式を調べていたが――

「正直に言って、解消すること自体ができない可能性もある」

「……お前でも無理なのか？」

「この汚染魔力は地下の魔力脈を通して全土に拡散されている。つまり魔力脈そのものが汚染されているけど、その汚染を断《た》つことさえも難しい」

離れた位置にある異形の死骸を見つめながらエルリアは言う。

「簡単に言えば、地下の水脈に毒を流し込んだ状況に近い。しかも毒が意思と戦闘能力を持っていて、倒しても汚染が広がって、広がった箇所から毒が再生成される無限機構」

「……聞いてるだけで頭が痛くなりそうな内容だな」

「うん。わたしとレイドで『災厄《さいやく》』を倒し続けたとしても、その間も汚染魔力は止まらずに魔力脈を通して広がる。それで新たな『災厄』が各地で生まれるから終わらない。たとえ何が起ころうとも終わらないように魔法が組み上げられている」

自身の見解を語りながら、エルリアは表情を暗くする。

「そんな魔法を使うほどに――きっと、この世界のわたしは酷《ひど》く悲しんだんだと思う」

レイドが先ほど語ったように、二人は世界さえも容易に崩壊《ほうかい》させることができる。

それが新たな第二世界で起こらなかったのは、『英雄』と『賢者』という同じ志を持った者が『良い世界であって欲《ほ》しい』という善の意志を持っていたからだ。

そして、そんな世界が第二世界で半ば実現していた以上、第一世界におけるエルリアも同じように善の意志を持っていたのだろう。

しかし……その意志は人間たちの悪意によって塗《ぬ》り潰《つぶ》されてしまった。

どうしようもない、何も期待することはない、今後も変わることはない。

その絶望によって『魔王《まおう》』として世界を崩壊させ、この世の全ての人間を根絶やしにするという選択《せんたく》に至った。

何が起ころうとも未来が覆《くつがえ》らないように。

奇跡《きせき》という陳腐《ちんぷ》な言葉に縋《すが》ることさえできないように。

この世界のエルリアが抱いたであろう怨嗟《えんさ》と執念《しゅうねん》が魔法に込められている。

それが——他でもないエルリアには誰《だれ》よりも理解できてしまう。

だが、今と昔では明確な違いがある。

「そこまで弱気になるとかお前らしくないじゃねぇか」

エルリアの頭を撫でながら、レイドは笑みを浮かべて告げる。

「俺の知ってる『賢者』って奴は、無理や不可能と理解しても全ての状況を打開する奴だ。そうじゃなかったら国内外で化け物とか言われていた俺と渡り合えてないだろうよ」

千年前、アルテインは第一世界と同様に大陸全土を掌握《しょうあく》できるはずだった。

広大な領土と臣民という人海戦術に加えて、単独で大軍を壊滅させる人智《じんち》を超《こ》えた能力を持つ『英雄』が戦力にいたからこそ、その未来を誰もが信じて疑わなかった。

そんな未来を変えて覆したのが『賢者』であり、不可能を可能とした存在だったからこそレイドは興味を抱き、言葉を交《か》わさずとも互いの意思を理解できるほどに惹《ひ》かれた。

他でもないレイド自身が認めたからこそ、その実力や功績を疑うことはない。

「どれだけ難しくても、お前なら絶対に答えを見つけ出せると俺は信じてる。前回みたいに五十年だろうと何十年だろうと一緒《いっしょ》にいて付き合ってやるからよ」

笑いながら語るレイドに感化されるように、ようやくエルリアも小さく笑みを浮かべる。

「……うん。レイドと一緒だから、すごく頑張《がんば》れると思う」

「おう。お前は頑張ったら何でもできる天才だからな」

「それはそう」

調子を取り戻したのか、エルリアがむふんと軽く胸を反らす。

「だけど、すごく頑張る前に問題がある」

「問題？」

「圧倒的《あっとうてき》に時間が足りない」

「それは……魔法を解析《かいせき》して対処法を見つけるまでの時間ってことか？」

「うん。この世界のわたしが作った魔法なら、今のわたしも時間を掛ければ解析することはできると思うし、ゼロから創り出すわけじゃないから多少は早く辿り着けるとは思う」

「試算としてはどれくらいなんだ？」

「二百年くらい」

「俺ら死んでるなぁ……」

「おばあちゃんを飛び越《こ》えてお墓になっちゃう勢い」

「それこそ前みたいにエルフだったらギリギリいけそうだったけどな」

「それはレイドとお揃いじゃなくなるし、ずっと一緒じゃないから嫌《いや》」

そうエルリアがぶんぶんと首を振って全力拒否《きょひ》する。確かに一緒に頑張ろうと言っておいて、その当人が先に土の下へと眠《ねむ》ってしまうのは何とも忍《しの》びない。

「もしくはアルマ先生みたいに、研究成果を子孫に伝えていく方法になる」

「子供かぁ……俺とエルリアで子供を作ったとして、そいつを俺たちと同じくらいになるまで育てて、その子供が同じように同等まで育て上げられるかっていうと難しそうだな」

「一人だと寂《さび》しいかもしれないから、六人くらいがいいかもしれない」

「なんで六人なんだ?」

「わたしが定めた魔法の六系統と一緒だから」

「そこに俺の血筋が入るってことで七人はどうだ?」

「なるほど。それはすごく良いかもしれない」

「いやいやいやいやいやッッ!! なんで二人とも平然と会話を進めてるんですかッ!?」

レイドたちの会話を聞いていたのか、ミリスがしゅばっと駆け寄り会話に入ってくる。

「なんでって、そりゃ今後に関わる話だろ」

「確かにお二人の明るい家族計画に関わりますけどもッ! もうちょっと照れたり恥《は》ずかしがったりする場面であるべきだと私は思うんですけどもッ!?」

「お前は中身がジジイの男に何を言ってんだ」

「そんな見た目なんですから若気も一緒に取り戻してくださいよッ!!」

「そう言われたところでなぁ……。婚約《こんやく》と両家の挨拶《あいさつ》も済ませたわけだし、カルドウェンの世継《よつ》ぎも必要だから必然的に子作りには励《はげ》まないといけないだろ」

「いや、だからその……エルリア様と色々しちゃうってことですよねっ!? 夜中に二人でドッタンバッタン大運動会みたいなことしちゃうわけですよねっ!?」

「なんでお前がおっさんみたいな言い回しになってんだよ」

「すみません思わず田舎《いなか》のおっさんたちの言い回しが飛び出ましたッ!!」

自分で言っていて恥ずかしくなったのか、ミリスもほんのりと頬を赤くしていた。

しかし、実際にそういった流れになるのが自然だ。

互いに両想《りょうおも》いで両家にも婚約を認められている以上、正式に婚姻《こんいん》を結んだ後には子孫を後世に残すのが人間としての正しい生き方だろう。

「別に思春期の子供じゃあるまいし、そんなことで今さら照れたりするわけ――」

そう同意を求めようとしてエルリアに顔を向けてみると――

エルリアが顔を逸《そ》らすようにそっぽを向いていた。

そして、耳まで真っ赤にしてぷるぷると震《ふる》えていた。

「この話は一旦《いったん》終わりにしよう」

「切り替《か》えが早いッ!!」

「たぶん直前まで真面目な話をしていたから意識の外にあった感じだな」

「………その通り、です」

そうエルリアが消え入りそうな声で言う。本当に何も気にせず答えていたのだろう。

しかし、おもむろにエルリアは振り返る。

「だけど……レイドだから、嫌じゃない、です」

ぎゅっと目を瞑《つぶ》りながら、両手で大きく丸を作ってみせた。

そう答えるエルリアを眺めてから、レイドは大きく頷《うなず》く。

「よし、うちの嫁《よめ》が可愛《かわい》いって結論で終わらせておくか」

「くッ……終わらせ方は雑なのに最終的に惚気《のろけ》られるとは……ッ!!」

「お前が何に悔《くや》しがっているのかは分からんが、その話よりも気になることが一つ浮かんだから話を進めたくてな」

会話を切り替えるために、レイドは軽く手を打つ。

「エルリア、俺たちが転生した件についてエリーゼが言っていたこと覚えてるか？」

「……ん、わたしたちが二人で揃って千年後に転生したこと？」

「そうだ。まぁ……それも色々と複雑だったけどな」

エルリアの死後、レイドはその死を看取《みと》るために王都へと赴き、抵抗《ていこう》の意思を示さないために全ての攻撃《こうげき》を甘《あま》んじて受けたことが原因で死亡した。

レイドがその行動を取ったことで、二人は揃って千年後に転生した。

「エリーゼの話だと、俺が死んだ時に『英雄』の魔法に組み込まれた転生機構が発動して、傍《そば》にいたエルリアを巻き込むような形になったってことだったよな？」

「うん。だから色々とぐちゃぐちゃになったのかもしれないって言ってた」

エルリアがふんふんと同意しながら、髪《かみ》を少し分けて耳を出す。

千年前、エルリアは『魔力を抜かれる』という状況で死に至った。

その特異な死因が転生する要因となった。

まるで空の容器に水が流れるように、『英雄』の魔法によって引き出された神域の魔力が流れ込む形となり、エルリアは転生に巻き込まれることになった。

しかし『英雄』という魔法は人間の中から転生先が選ばれる機構となっている。

エルリアが一時的に神域の魔力を宿したことが影響《えいきょう》し、エルリアはエルフではなく人間として転生して記憶も引き継がれたのだろうとエリーゼは語っていた。

そして、レイド自身も転生の際にエルリアの影響を受けていた。

第一世界でエルリアという存在が生まれるのは転生した千年後の時代だ。

しかしウォルスに連れられて千年前の過去に飛んだことで存在そのものに齟齬《そご》が生まれ、それを修正するような形でエルリアが本来生まれていた千年後に転生した。

当然、転生先はエルリア当人なので容姿は変わらない。

本来なら転生先の千年後に『レイド・フリーデン』という人間は存在していなかったが、共に転生したエルリアの影響によってレイド自身も同じ容姿で転生する形となった。

そんな多くの偶然《ぐうぜん》を経て、二人は奇跡的な再会を果たしたわけだが――

「それでお前が人間に転生した影響で、年代が多少ズレたって話だったよな？」

「うん。前回と同じなら五十年くらい前だけど、その時代にわたしの魔力に適合する人間がいなかったからズレたんじゃないかって言ってた」

「そのあたりを考慮《こうりよ》しても、明らかに計算が合わないんだよ」

そう言って、レイドはミリスのことを指さした。

「……え、私ですか？」

「そうだ。ディアンの話から考えると、エルリアは『魔王』になった後にミリスと出会っていることになる。誤差が五十年だと考えると、そこからエルリアは魔法を創って、その後に人間たちが悪用したことを嘆《なげ》いて世界を滅ぼすために動き出したってわけだ」

第一世界でエルリアとミリスが出会った時期は分からないが、『少女』と出会ったという伝承を踏《ふ》まえると、当時のエルリアは六十歳前後で活動を始めたことになる。

「エルリア、お前って魔法をどれくらいの時間で創り上げたんだ？」

「……たぶん、百年くらい？」

「つまり第一世界のエルリアは、それ以上に早い期間で魔法を創ったことになる。思考力や創造性が当時と変わらないなら、そこまで大きな誤差は生まれないはずだ」

ヴェガルタを魔法大国として仕立て上げるためにも、当時のエルリアに対してウォルスも何らかの形で魔法に関する知識を入れ込《こ》んでいたと見ていい。

それでも完成に百年掛《か》かったという事実を踏まえると、第一世界のエルリアは明らかに異常な速度で『魔法』という技術を創り上げている。

研究段階で人員を割《さ》けば完成までの期間は短縮できるだろうが、少なくとも早い段階で『人員を割くほどの価値がある』と判断される成果を示したということだ。

もしくは――その技術が『信用に値する人物』によって遺されたものだった場合だ。

その内容が誰も解読できない古文書であり、その中でエルリアだけが正確に解読することができたのだとしたら、当時迫害《はくがい》されていたエルフという出自に目を瞑ってでも重宝し、アルテインは国を挙げて魔法の研究を行っただろう。

第二世界には存在しない、第一世界で『賢者』と呼ばれた人間が遺した文献《ぶんけん》――

「――『賢者の遺稿《いこう》』、そこに何かしらの答えがあるはずだ」

英雄ではなく、賢者と呼ばれていた第一世界のレイド・フリーデン。

第一世界において魔法や『英雄』といった存在を生み出す基になった要因。

その文献をレイドたちが手に入れて解読することによって、世界を蝕《むしば》んでいる汚染魔力《おせんまりょく》の対処法を見出《みいだ》せるきっかけが作れるかもしれない。

「確かにわたしが作った魔法とは細かいところが違ってる。だからこの世界のわたししか知らない情報や知識がある可能性は高い」

「それこそ『英雄』に関する知識も該当《がいとう》するだろうしな。そういった知識から『災厄』とか魔力汚染の仕組みを作っているなら、基になった知識から逆算できるだろ？」

「うん。バッチリできる」

エルリアは第二世界において、半ば自力で魔法という技術を創り出している。

それならば必要な知識さえ揃えることができれば、魔法の遍歴《へんれき》を辿《たど》って逆算することで大幅な期間の短縮が見込《みこ》めるはずだ。

「その『賢者《けんじゃ》の遺稿』の所在すら分からないのが痛いところだけどな」

「はぁ……いっそのこと閣下とエルリアちゃんの二人で帝都《ていと》を襲撃《しゅうげき》して、『賢者の遺稿』を奪《うば》えたら楽なんでしょうけどねぇ……」

「俺とエルリアならできるだろうけど、相手の戦力や配備状況が不明だし、そこで手間取っている間に俺たちの目的が『賢者の遺稿』だと気づかれたら文献を破棄《はき》される可能性もある。だから現状で強襲《きょうしゅう》するのは無理だ」

アルマの提案に対して、レイドが面倒《めんどう》そうに肩《かた》を竦《すく》める。

アルテイン側が新たな『英雄』を生み出したということは、『賢者の遺稿』から読み取った知識や技術を保持しているということだ。

しかし、安易にアルテインの帝都や影響下にある土地には近づけない。

侵入《しんにゅう》する場合は戦闘を覚悟《かくご》した上で行動する必要があり、『賢者の遺稿』の正確な所在、そして現在のアルテインの状況や配備についての情報は仕入れておきたい。

「とりあえず今は焦《あせ》る状況でもないしな。まずは目先の目的を果たそうぜ」

「焦る状況じゃないって……それを言えるのは閣下とエルリアちゃんだけでしょ」

渋面《じゅうめん》を作りながら、アルマは溜息《ためいき》と共に指さす。

その先にある峻烈《しゅんれつ》な山々の中に――淡《あわ》い光を放つ場所があった。

空や周囲の山々が汚染魔力の瘴気《しょうき》によって包まれる中、その山の周辺だけは瘴気が避《よ》けるようにして流れており、上陸してから久しく見ていなかった陽光が差し込んでいる。

そして今までの行路で見てきた荒廃《こうはい》した山肌《やまはだ》や変異した異形の植物ではなく、その山は若々しく色づいた緑で覆われている。

『楽園』

今までの荒《すさ》んだ光景を眺《なが》めてきたからこそ、その光景はまさしく『楽園』と呼ぶに相応《ふさわ》しい神秘的な存在感を放っていた。

しかしレイドたちは『楽園』を捉《とら》えながらも、周辺の山々を回っている状況だった。

その理由は――

「――結局、あいつらどうやって対処するのよ？」

アルマが再び『楽園』がある方角を指し示す。

しかし、視線の先は別の存在を捉えている。

『楽園』がある山々の周辺に見える影。

それは――竜頭《りゅうとう》の巨人《きょじん》たちだった。

その大きさは今までの道中で見てきた異形たちとは比べるまでもない。

レイドたちがパルマーレ沖で見た『災厄』と比べれば小さいとも言えるが、それでも遠く離《はな》れた現在地からも容易に視認《しにん》できるほどの巨躯《きょく》なのは間違《まちが》いない。

「視認できた数は三十六体だったか」

「あんな化け物が徘徊《はいかい》してるんだから、そりゃ誰も『楽園』に辿り着けないわけよね」

「それも道中は生み落とされた『落とし子』たちが襲《おそ》ってくるわけだからな。必死に進んできて『楽園』を見たところで、『災厄』たちが待ち構えてるんだから絶望ってもんだろ」

実際、多くの人間が『楽園』を目指して辿り着くことを試みたのだろう。

そして最後には『災厄』の巨人たちに阻《はば》まれて絶望したことだろう。

もはや『楽園』という最後の希望に縋ろうとした人間に対して、その希望を目の前で打ち砕《くだ》くために配備されたとすら思えるような状況だ。

「なんとなく答えは分かってるけど、閣下たちならブッ倒せる？」

「「たぶん余裕で倒せる」」

「その返答は本当に心強いけど、問題なのは配置と場所よねぇ……」

地図を広げ、アルマが眉間《みけん》にシワを寄せながら頬杖《ほおづえ》をつく。

巨人たちは『楽園』の周囲を徘徊しており、その距離《きょり》は『楽園』からも近い。

もしもレイドたちが全力を出せば『楽園』に被害《ひがい》が出る可能性もある。

そして巨人たちは『楽園』を取り囲むような形で徘徊しているため、一部を突破《とっぱ》しようにも即座に援護《えんご》が入るような布陣《ふじん》だ。

「エルリアの魔法で足止めしている内に、俺《おれ》が一体ずつ潰していく形でやるか？」

「ん……ちょっと難しいと思う。前に戦ったみたいに氷で拘束《こうそく》はできるかもしれないけど、周囲に汚染魔力があるせいで長くは保てない」

「最終的には俺が巨人たちからタコ殴《なぐ》りにされそうだな」

「それでもレイドは勝てるだろうけど、時間を稼《かせ》がれたりして汚染魔力から新しい『災厄』が生まれたらイタチごっこになる」

「むしろ生身の俺たちの方が不利だな。不眠不休《ふみんふきゅう》で戦えると言っても、向こうの際限がないんじゃどうしようもない」

「なかなかに難しい」

二人が腕《うで》を組みながら考えていると、ミリスが首を傾《かし》げながら手を挙げる。

「あの、戦わないという選択肢《せんたくし》はないんですか？」

「「戦わない……？」」

「そんな知らない言葉みたいな反応しないでもらえますッ⁉」

「そうじゃなくて、『楽園』は山の中腹付近だから正面突破して山を登るしかないだろ」

巨人たちをいなしながら『楽園』に向かうことも案の一つとして考えてはいた。

しかし、山の中腹付近にある『楽園』までは多少の距離がある。

他の面々を守りながら向かうには遠く、その最中に不測の事態が起こりかねない。

そして『楽園』の眼前に辿り着いても、すんなりと入れるというわけではない。

エルリアの見立てでは汚染魔力の影響を排除《はいじょ》するため、『楽園』の周囲には結界や防壁《ぼうへき》といった類《たぐ》いの魔法が何重にも展開されているとのことだった。

強引に突破しようにも結界を解析する時間が掛かり、『楽園』の住人に事情を説明しようにも、『災厄』の巨人たちが襲い掛かってくる最中では難しい。

だからこそ、レイドたちは選択肢から外していたのだが――

「それなら地底湖から向かうのはどうです?」

「…………地底湖?」

「あの山の中には地底湖があって、そこから麓《ふもと》の川に流れて合流します。ついでに地底湖の出口は山の中腹まで繋がっているので、そこで準備を整えてから進めば安全に『楽園』まで行けると思いますよ」

「そういやノアバーグはミリスの地元だったか」

「はい。途中《とちゅう》まで周辺の風景が変わりすぎてて分からなかったんですけど、周辺をぐるっと回ったところで『楽園』の場所が『お父さん山』だって気づいたんですよ」

「いきなり謎《なぞ》の山を作らないでくれ」

「うちの地元だとそう言われていたんですって!!　ちなみに隣《となり》の少し小さい山がお母さん、それ以外の連なっているのが兄弟山って感じです」

　そう答えてから、ミリスは軽く咳払《せきばら》いをする。

「風景こそ変わっていますが、生まれ育ったノアバーグの地なら私は完璧《かんぺき》に移動できます。巨人では通れない小道、抜け道、裏道、洞窟《どうくつ》……それらも全て把握《はあく》しています」

　そして、不敵な笑《え》みを浮かべてから──

「──つまり、ここは私の庭ということです」

◇

　休息を終えた後。

　ミリスの土地勘《とちかん》を基にして、レイドたちは『楽園』までの行路を設定した。

その結果は――想定以上のものだった。

「お前……よくこんな地下道まで知ってたな」

「ふっふっふ……田舎において探険や冒険《ぼうけん》は数少ない娯楽《ごらく》ですからねっ！」

移動の最中、ミリスが自慢《じまん》げに胸を張る。

今、レイドたちはノアバーグの地下を進んで地底湖を目指している。

しかし、土地勘のあるミリスでなければ間違いなく分からなかった道だ。

「このあたりって、リスモールっていう魔獣《まじゅう》の住処《すみか》だったんですよ」

「……ミリス嬢《じょう》は幼少期に魔獣の住処を探険していたのか？」

「魔獣ではあるんですけど、リスモールは基本的に無害な益獣《えきじゅう》でしてね。でっかいモグラみたいな容姿で、周辺の土地を豊かにしてくれたりするんです」

「ん……あんまり人前には姿を現さないけど、人の言葉を理解する賢《かしこ》い子って聞いた」

「ですです。取れた作物とかをあげるとお返しをくれたり、困りごとやお願いごとをすると色々手伝ってくれるという、地元では守り神みたいな扱《あつか》いだったんですよ」

「俺も話だけは聞いたことあったけど、一度も見たことないやつだったな」

「あー、リスモールは女性の前には現れるんですけど、男性の前にはよほどのことがないと現れなくて、出会ったとしても基本的に無視してきます」

「………なんでだ？」

「女好きだからです。だから後者のお願いとかも女性限定です」

「すげぇ魔獣がいたもんだな……」

「まぁ男性だからといって危害を加えるわけじゃありませんし、私が一人で遊んでいた時にもよく穴から出てきて遊び相手になってくれましたし、私が巣穴に行くと横穴とかから顔を覗《のぞ》かせてきて挨拶代わりに頭を振《ふ》ったりしてくれる良い子たちでしたよ」

　そこまで語ってから、ミリスは僅《わず》かに眉《まゆ》を下げる。

「だから……この光景は、少しだけ寂しく感じますね」

　物音一つしない、空虚《くうきょ》な地下道を眺めながらミリスは呟《つぶや》く。

　今や地下道を住処にしていたリスモールたちはいない。

　ミリス自身がよく知る道であり、そこに広がっていた光景や生きていた者たちを今も鮮《せん》明《めい》に覚えているからこそ、余計に世界の変化を感じ取ってしまったのだろう。

「そんなに落ち込むんじゃねぇよ。魔獣とはいえ知性があるなら汚染が始まったと同時に逃《に》げるだろうし、別の土地に移って同じような巣穴を作って女を追いかけてんだろ」

「ああ……女の子を見て踊《おど》ってる姿が想像できるから別の意味で悲しい……」

「わたしも踊ってるところは見てみたいかもしれない」

「あたしは見たことあるけど、見てると元気になるから機会があるといいわねぇ」

そんな気易《きやす》い会話をしながら、和《なご》やかな雰囲気《ふんいき》で地下道を進んで行く。

それほどまでに地下道の進行は順調だった。

ミリスの話ではリスモールという魔獣は地中深くに通り道を巡《めぐ》らせるだけでなく、巨体《きょたい》で道が崩《くず》れないように粘土質《ねんどしつ》の土に唾液《だえき》を混ぜて補強するといった行動も取るため、相当な衝撃《しょうげき》が無ければ崩れることもない。

そして地上からは視認できない地下という閉鎖《へいさ》空間、それらの土壌《どじょう》が汚染魔力に侵《おか》されている状態が逆に利点となっており、自分たちの身体から漏《も》れる僅かな魔力なども紛《まぎ》れて『災厄』にも感知されないとエルリアは語っていた。

しかし、地下道に入り込める小型の『落とし子』たちもいる。

地下道には横穴がいくつもあるため、本来なら周囲に警戒するところだが――

「――ジジさま、前にある二番目の穴、音してる」

先頭に立つ、小柄《こがら》な少女が前方を指さしながら片言で喋《しゃべ》る。

「おう。ありがとうな、エシャロ」

「エシャロ、仕事できる女」

「そうだな。いつでも最高の仕事をするもんな」

そう笑い掛けながら、レイドはエシャロの頭を軽く撫《な》でる。

生前、エシャロはアルテインの斥候《せっこう》として敵陣《てきじん》の偵察《ていさつ》を担《にな》っていた。

彼女《かのじょ》は厳冬の長い北部地方の生まれであり、その中でも洞窟や地下を居住地としている民族であったことから、常人とはかけ離れた五感を持っている。

その五感によって敵情偵察や隠密《おんみつ》行動を担い、小柄な身体を活《い》かして大人では入り込めない逃走《とうそう》経路まで利用し、確実に生き残って情報を持ち帰る優秀《ゆうしゅう》な人間だった。

なお、レイドが彼女と共に行動したのは十年ほどだ。

「……ジジさま、それやめて。いつも言ってる」

「おー、やっぱり同じ反応なんだな」

「エシャロ、子供じゃない。二十八年生きてる」

不満げな声と共に、エシャロがむすっとした表情で睨《にら》んでくる。

見た目こそ幼い子供だが――エシャロは間違いなく成人を過ぎた女性だ。

エシャロ自身が狭《せま》い地下や洞窟で生活していたことや、古くからそういった生活を送ってきた民族ということもあってか、彼女の容姿は年齢《ねんれい》とは不相応に幼いものだった。

そのため当人は出稼《でかせ》ぎのために志願兵としてやってきたのに、最初は迷子と間違われて追い払《はら》われ、食い下がったら奴隷《どれい》主の命令で無理やり連れて来られたのかと疑われた。

そして最終的には捕《とら》えようとする兵士たちの目を掻い潜《くぐ》り、レイドに直談判《じかだんぱん》をして事情を説明した末に志願兵になれたという経緯《けいい》がある。

その上、兵士となった後も初対面の人間には確実に子供扱いを受けていたので、その度に怒《おこ》るか不貞腐《ふてくさ》れるのが常だった。

「いやぁ……私よりも小さいのに、エシャロちゃん年上なんですねー」

「金髪碧眼《きんぱつへきがん》女子、なんでエシャロを抱《かか》えた」

「すみません可愛さのあまりに」

「そういうことにすると、温厚《おんこう》なエシャロも怒る」

「そんな感じで怒るところも可愛いですねー」

「あー、ミリス？　その子を怒らせると本当に怖《こわ》いからやめときなさい」

「いやいや、アルマ先生まで何言って――」

「その子、見た目はちっこいけど素手《すで》で熊を殺せるくらい強いわよ」

「大変失礼しました、エシャロさんッッ!!」

アルマの補足を聞いて、ミリスがすぐさま手を離して流れるように土下座をかました。

エシャロの民族は体格こそ小さいが、身体能力や筋力は常人より遥《はる》かに優《すぐ》れており、洞窟に棲《す》みついている動物を素手で追い出すという慣習まである武闘派《ぶとうは》民族だったりする。

「確か斥候とか隠密だけじゃなくて、暗殺術とかも覚えてるのよね？」

「そうだな。訓練の時には一人で同期全員を殴り倒《たお》してたし、無手の子供だと油断して首を折られた敵兵やら指揮官も多かったぞ」

「エシャロ、超強《ちょうつよ》い。だから背や胸が大きい女は倒す」

「これ絶対エシャロさん根に持ってますよねぇッ!?」

「ミリスのせいであたしまで睨んできてるんだけどッ!?」

「……お前ら、楽しそうにするのはいいけど気を抜《ぬ》きすぎるなよ」

二人に対してエシャロがじりじりと距離を詰《つ》める中、レイドが呆《あき》れながら先に進んで横穴に潜《ひそ》んでいた落とし子を殴り飛ばす。

「ウィゼル、残りの距離はどれくらいだ？」

「既《すで》に地底湖の目前だ。到着《とうちゃく》後は野営を行い、結界の解析を行う予定だったな？」

「うん。そこまで近づけば詳細《しょうさい》を調べられると思うし、結界の中に声を届けることができれば安全に交渉《こうしょう》ができると思う」

「承知した。それではオレの方も準備を進めておこう」

『楽園』の周囲を包んでいる結界は、外部の汚染魔力の影響を受けないように大部分を遮断《しゃだん》する造りになっているだろうとエルリアは考察していた。

結界を強引に破壊《はかい》したり、無理やり解除したりすると『楽園』にも影響が出る可能性があるため、魔法《まほう》を解析した後に極小の隙間《すきま》を空けて内部に連絡《れんらく》を取るという手法を選んだ。

「しかし……ディアン卿《きょう》の説明を聞いて作製してみたのはいいが、これで連絡を取るというのが信じがたいものだな」

「お、それがウィゼルの作った電気通信機か？」

「ああ。理屈《りくつ》としては魔力《まりょく》通信に近かったのでオレも再現できたが、これを魔法や魔力という概念《がいねん》のない状態で考えついたことに敬意を覚える」

『楽園』は千年前から隔絶《かくぜつ》された状況にあるが、当時の村に残っていた旧時代の電気通信によって定期的に連絡が送られてくるとディアンは語っていた。

しかし通信内容は一方的で受信の様子が見られないことから、部分的に遮断を解除すれば通信を送ることができるかもしれないとのことだった。

「それわたしも知ってる。レイドの伝令兵が使ってたピコピコするやつ」

「可変長電気信号だな。俺の部隊が後期に使っていたやつで、当時は実験段階だったから俺の部隊でしか採用してなかったけど、魔法大国のヴェガルタに吸収された影響で魔力通信として発展したのかもな」

「そこにもレイドが関わってくるのか……」

「全ての背後にはレイドの影《かげ》があるとわたしは考えている」

「俺が適当に『こういうやつが欲しい』って無茶《むちゃ》ぶりしておいて、それを考案して実現できる技術者を見つけてきたってだけの話だけどな。そいつの技術とか知識が後世に伝わって役に立ってるなら俺も嬉《うれ》しいってもんだ」

名声や知名度のせいでレイドの功績として見られることは多々あったが、千年後などに自分の見出《みいだ》した人間の足跡《あしあと》を感じることができるのは素直《すなお》に喜ばしいことだ。

そうレイドが郷愁《きょうしゅう》に近い想《おも》いを抱《いだ》いていた時――

「――ダメ、止まって」

先行していたエシャロが両手を広げながら立ち止まった。

「どうした、エシャロ」

「大きい音、複数ある」

「そ、それって地底湖に何かいるってことですか⁉」

「違《ちが》う。もっと上、近いのも遠いのも、大きな音が近づいてる」

その言葉を聞いて、レイドは全てを察して叫《さけ》んだ。

「エルリアッ！　全員を連れて地底湖まで走れッ‼」

レイドの言葉にすぐさま反応し、エルリアは何も言わずに四人を抱えて通路を跳《と》ぶ。

その直後——

天井《てんじょう》を貫《つらぬ》いて、巨大《きょだい》な足がレイドの眼前に現れた。

レイドたちに狙《ねら》いを定めて踏み抜かれた巨人の足に対して、即座《そくざ》に構えた大剣《たいけん》を振り抜いて強引《ごういん》に軌道《きどう》を逸らす。

反動を利用して跳躍《ちょうやく》し、エルリアたちが向かった方向に全力で駆《か》けた。

そして通路の先に見えた地質の違う洞穴《ほらあな》を見て、レイドは勢いのまま転《ころ》がり込む。

「ッ……全員無事だな⁉」

「大丈夫《だいじょうぶ》、しっかり回収して連れてきた」

光の帯で四人の身体を掴《つか》みながら、エルリアが返答する。

だが、その表情は険しい。

「だけど——間違いなく悪い状況《じょうきょう》になった」

地底湖の中に差し込んでいる光。

その穴は外へと繋《つな》がっている道であり、過去には人の往来があったのか、僅かながらに手を加えられた痕跡《こんせき》が残っている。

そして、本来なら見覚えのある山脈が穴から顔を覗かせていたことだろう。

しかし――その先には多くの影が見えていた。

靄《もや》の中で揺《ゆ》れている巨大な人影《ひとかげ》の群れ。

それらが地底湖を目指すように、徐々《じょじょ》に影を大きくしながら近づいている。

「……いきなり行動を変えてきやがったか」

「もしかしたら、『楽園』から一定の範囲《はんい》に反応があると迎撃《げいげき》行動を取るように組み込まれていたのかもしれない。それをわたしたちは地下から進んで誤魔化《ごまか》したけど――」

「地下から山の中腹まで上がってきたから、遅《おく》れて感知されたって感じか」

そうしてレイドたちの存在を感知したことで、近くにいた『災厄《さいやく》』の巨人が狙いを定めて攻撃を仕掛《しか》けてきたのだろう。

そんなレイドの考察を証明するように――

地底湖に差し込んでいた光が消えた。

血のように紅《あか》く光る巨大な眼《め》。

それが侵入者《しんにゅうしゃ》であるレイドたちを捉えるように向けられている。

「さて……こうなった以上、悠長《ゆうちょう》にしている暇《ひま》は無さそうだな」

「ん、だけど地理的にはやりやすくなった」

『楽園』の目前まで近づけたことで、今は被害を考慮せずに巨人たちの相手ができる。

巨人たちが『楽園』を守るために配置されている存在ならば、『楽園』を背にするようにして戦えば、背後を守りつつレイドたちが全力を出しても被害は出ない。

そうして防衛戦に徹《てっ》して時間を稼げば、関係者であるミリスを『楽園』に向かわせて交渉させることで状況を打開できるかもしれない。

「とりあえず三十六体だし、二人で半分ずつ相手にするか」

「復活するかもしれないし、早いもの勝ちの討伐《とうばつ》数で勝負するのもいいかもしれない」

「それも悪くないな。『楽園』以外の山とか消し飛ばす勢いでやろうぜ」

「ああ……私の地元が焼け野原に変わろうとしている……」

「むしろオレたちは自分の安全を最優先に動いた方がいいな」

「はぁ……閣下とエルリアちゃんが暴れると味方を守るのがしんどいのよねぇ……」

切迫《せっぱく》した状況に取り乱すこともなく、レイドたちは普段《ふだん》通りの様子で言葉を交《か》わしながら戦闘《せんとう》態勢を取る。

しかし――

「…………なんだ?」

「動かない」

レイドたちを視界に捉えながらも、『災厄』の巨人は動く気配がない。

ただ、静かに紅《くれない》の眼を向け続けている。


『――――ミリス』


そう、どこからともなく声が響《ひび》いた。

それは声帯から発せられたものではない。

そして、レイドたちが発した言葉でもない。


「…………え」


だからこそ、その名を呼ばれたミリスが困惑《こんわく》した表情を浮《う》かべる。

しかし……そこから言葉が続くことはなかった。

直後に穴を覗いていた巨人が身体を引き、地を揺らすような足音が響き始める。

「ジジさま、音が離れてる。さっきまで近かった音、全部」

「……どういうことだ？」

状況が飲《の》み込めず、レイドが怪訝《けげん》そうに顔を歪《ゆが》めた直後――

「――はいはいはいはーいっ!!　脱走《だっそう》した悪い子どこですーっ⁉」

場違《ばちが》いなほど明るい少女の声が地底湖に響いた。

そして、先ほどまで眺めていた穴から人影が飛び込み――

「うおおおおおっ⁉　さすが地底湖めっちゃ滑《すべ》るでしゅぶぅっ⁉」

着地と同時に背中を強打していた。

「うぉぉぉぉぉ……これは痛い、背中の痛みと若干《じゃっかん》ながらの憐《あわ》れみと共に向けられている
だろう視線を想像してダブルパンチで痛いですぅぅ……」

背中を反らし、ごろごろと床《ゆか》を転がりながら少女が呻《うめ》き声を上げる。

どこか既視感《きしかん》を覚える反応を見て、レイドは少女に向かって声を掛ける。

「おい嬢ちゃん、お前は『楽園』から来た人間なのか？」

「はえ？　待ってください、あなたたち誰《だれ》です⁉　隣近所《となりきんじょ》から家畜《かちく》の数と種類と名前まで
把握できる田舎《いなか》ネットワークに引っ掛からない人間が存在するんですっ⁉」

「そりゃ外から来た人間だからな」

「おおーっ！　つまり余所者《よそもの》ですっ!!」

「それは感動した表情で言う言葉じゃないからやめておけ」

苦笑《くしょう》しながら、レイドは膝《ひざ》をついて視線を合わせる。

「俺はレイド、ここにいる奴《やつ》らと一緒《いっしょ》に『楽園』を目指して、そこに住んでいる奴らと会うために地下道から進んで地底湖まで来たんだ」

「ほおほお、それならわたしは該当するかもです！」

そう答えてから、少女は胸を反らしながら名乗る。

「わたしはノルン・ランバット――『楽園』の管理者ですっ！」

三章

『ミリス・ランバット』という少女は不思議な人間だった。

というよりも、強引な人間というのが正しかった。

「友達になったので連れてきましたっ！」

そう言って、堂々と自分のことを村人たちの前で紹介《しょうかい》した。

今まで見てきた人間にはあり得ない行動だった。

そしてまた、そこに住む人々も感性がおかしかった。

「あらまぁミリスちゃん、動物以外に連れて来る友達がいたのねぇ」

「なんでぇ、友達って言うから『魔王《まおう》』ってモグラが増えたのかと思っちまった」

「それもエルフの友達だって？　お前さん村人以外の人間に嫌《きら》われてんのか？」

「田舎特有のノンデリが容赦《ようしゃ》なく私に襲い掛かってくるッ‼」

自分のことを『魔王』と紹介した上で、そんなやり取りを交わしていた。

だから、村で過ごしている時にミリス以外の村人に言葉を掛けたことがある。

『なぜ人間を殺している自分を恐《おそ》れないのか』と。

その返答も不思議なものであった。

「そうだねぇ……確かに『魔王』って呼ばれている恐ろしい者がいるとは聞いているけど、それは他の人たちが見たことで私たちは見てないからねぇ」

「それなら、今すぐ見せてもいい」

「あらまぁ。それは確かに怖いし、私たちも恐ろしいと思うだろうけど……それでこの村の人間が全員殺されたとしても、それは私たちが世間を知らな過ぎて見る目が無かったというだけの話で、自業自得《じごうじとく》ということで終わりかしらねぇ」

そんなことをニコニコと笑いながら言われてしまった。

その老女《ろうじょ》だけではなく、他の人間も似たような反応だった。

「あんたが『魔王』だから自分が村にいるせいで他の奴らが攻《せ》めてくるかもしれない？」

「そう」

「そりゃあんたは色々やったかもしれんし、向こうにも理由があることは重々理解できる。だけど、そこでワシらを巻き込んで殺すのなら向こうもあんたと大差ないじゃろう」

「あなたたちを殺してでも、わたしは殺さないといけない悪人かもしれない」

「ほお、そうなのかい？」

「少なくとも他の人間はそう言っている」

「そんな極悪人《ごくあくにん》なら既にワシらを全員殺して逃げておるじゃろうて。今までワシたちが見てきたあんたはミリスちゃんの友達ってだけで、ワシらは他の人間の言葉より自分たちで見たことを信じるというだけじゃ。ワシらは偏屈《へんくつ》な田舎者《いなかもの》じゃからのう」

そう大口を開けながら老人は笑って言った。

その後も数人に話を聞いたが、返ってくるのは似たような言葉ばかりだった。

もはや善人どころか、お人好《ひとよ》しと称《しょう》するべき者たちばかりだった。

「──はい？　どうして誰もエルリア様を追い出さないのかですか？」

だから、最終的には直接ミリスに尋《たず》ねることにした。

「そう。わたしはあなたの同族たちを殺している」

「うーん……だけど、その理由がエルリア様にはあるんですよね？」

「ある」

「だったら仕方ないんじゃないですかね？」

ミリスの返答は、こちらが思っていたよりも淡泊《たんぱく》なものだった。

「私たちからしたら殺人は大罪です。それこそ法ではなく本能で知っています」

そう前置いてから、ミリスはこちらに顔を向ける。

「ですから、もしも私が人を殺《あや》めるとするならば、それが罪であると、禁忌《きんき》であると、全てを理解した上で行動に移すほどの理由だと考えました」

「ただ、わたしが気まぐれに殺したかっただけかもしれない」

「それなら私は目の前で騒《さわ》いだ時に殺されて、今みたいに話せていないでしょうね。そして生きているということは、エルリア様が理由なく他者を殺す方ではないということです」

普段と変わらない、晴れやかな笑顔《えがお》と共にミリスは言う。

「その理由を私は知りません。知ったとしても理解できるかは怪《あや》しいです。それでも相応の覚悟や想いを持ってエルリア様が行動したのなら、それを何も知らない私が否定したり、罪だと決めつけて石を投げたりするのはおかしいでしょう?」

ミリスは普段の言動とは違い、歳《とし》不相応なほど達観した考えを持っていた。

おそらく、彼女自身はその理由については知らないだろう。

そして、それが正しい考えであるかは分からない。

先ほど自分が淡泊な返答だと思ったように、ミリスの考えを否定する者も中にはいるかもしれないし、時と場合によっては非難されることもあるだろう。

だが——少なくとも、自分にとっては好ましいと思える答えだった。

「もう一つ、訊《き》きたいことがある」

「はいはい、なんでしょうか？」

「どうしてわたしに『様』を付けるの」

「だってほら、『王』っていうなら様付けするものじゃないですか。それにエルリア様は見た目も綺麗《きれい》ですし、なんとなく様付けしたくなる雰囲気がありますからねっ！」

「そう」

ミリスに気づかれないように、小さく笑みを浮かべてから静かに立ち上がる。

「ミリス」

「え、あ……ここで初めて名前を呼んでくれる流れなんですかっ⁉」

「うん。友達になりたいって、あなたが言っていたから」

彼女ならば、既に汚《けが》れてしまった自分の理想を正しく理解してくれる。

そんな『友達』くらいには、機会を与《あた》えたいと心の片隅《かたすみ》に残っていた感情が動いた。

「――だから、わたしの『魔法』を見せてあげる」

その言葉と共に指を打ち鳴らした瞬間《しゅんかん》。

周囲の風景が変貌《へんぼう》していった。

広々とした草原、木々が生い茂《しげ》る森林、清冽《せいれつ》な水の流れる川と湖畔《こはん》……およそ山岳《さんがく》地帯には似つかわしくない風景が瞬《またた》く間《ま》に創り上げられていく。

「これって――」

「わたしが考えた『楽園』。それをあなたにあげるから管理して欲《ほ》しい」

「い、いやいやいやッ⁉ 私は一介《いっかい》の村娘《むらむすめ》ですし、魔法なんて分かりませんよッ⁉」

「大丈夫。ミリスだったら『見る』だけで理解できる」

そう告げながら空中を踏《ふ》み、軽《かろ》やかな足取りで宙を歩く。

「その『楽園』を守り続ければ、あなたたちは今後も生き残ることができる」

進み出してしまった以上、もう後戻《あともど》りはできない。

どれだけの時が経《た》って、自身の心が擦《す》り切れて、心さえ完全に壊《こわ》れて自我《じが》を失おうとも、この身に抱いた怒《いか》りと憎悪《ぞうお》が消えることはない。

そして、全てが終わって『魔王』が消え去った後のために――

「――だから、わたしが叶《かな》えたかった理想を覚えていて欲しい」

そうして自身の理想を『友達』に託《たく》してから、振り返ることなく再び旅立った。

それが記憶《きおく》に残る限り、人間に対して慈悲《じひ》を見せた最後の瞬間だった。

その後――『魔王』エルリア・カルドウェンは世界を破滅《はめつ》に導いた。

◇

軽い自己紹介と訪問の意を告げてから、レイドたちは『楽園』に立ち入った。

「これは……確かに『楽園』って雰囲気ね」

周囲を見回しながら、アルマがそんな感想を口にする。

雲一つない晴《は》れ渡《わた》った蒼空《そうくう》。

日差しを受けて豊かに育つ様々な動植物。

牧歌的な雰囲気を助長する牛や羊といった家畜たちの鳴き声。

耕作を行いながら合間に談笑《だんしょう》している人々の姿。

今までの荒廃《こうはい》した世界や徘徊している異形たちの姿を眺《なが》め続けてきたからこそ、目の前で広がっている平和な光景が対比として顕著《けんちょ》に感じ取れる。

そして――

「私の地元が……色々な意味で発展しているッ!!」

目の前の光景を見て、ミリスが別の意味で驚愕《きょうがく》していた。

「立地や気候の関係で難しかった畑、水田、果樹園っ！　そして私たちの間で定番だった牛、羊、鶏《にわとり》だけでなく豚《ぶた》や水牛に加えてアヒルや七面鳥という豊富で幅広《はばひろ》いラインナップっ！　ここには自給自足の全てが詰まっていますっ!!」

「故郷が繁栄《はんえい》して良かったな」

「私が思っていた方向と違う形なんですよねぇッッ!!」

「立地的にミリス嬢の思《おも》い描《えが》くような発展は無理だと分かり切っていただろうに……」

「そりゃ城とかは無理だと思ってましたけどもっ！　だけど田舎風景は変わらず少しだけ豪華《ごうか》になっているところが余計に複雑と言いますかっ!!」

「だけど、これって外から見た時よりも確実に広いわよね？」

「ん……たぶん空間魔法で土地を広げてる。山の下から見ると普通《ふつう》だけど、魔法の範囲内《はんいない》にある『楽園』に入ると視認《しにん》できるんだと思う」

各々《おのおの》が感想を口にする中、先導するノルンがくるりと振り返る。

「おうー……予想外のベタ褒《ぼ》めに若干困惑《じゃっかんこんわく》というか、わたしとしては反応に困る感じなんですけども、やっぱり外の人から見ると珍《めずら》しい感じなんです？」

「色々な意味で珍しいって感じだな」

「ですかー。わたしもなんか外が大変っていうのは知っているのです」

「他の人間も外の現状については知ってるのか？」

「たぶん詳《くわ》しくは知らないです。過去に何があったのか、『楽園』が生まれた経緯とかは伝わっていますけど、基本的に外へ出られるのは管理者の人間だけなのです」

「つまりノルン以外は『楽園』の外に出られないってことか」

「出られなくはないですけど……そこはちょいと複雑な事情みたいなやつです」

そう答えながら、ノルンが僅かに表情を曇《くも》らせる。

その空気を払拭《ふっしょく》するために、レイドは話題を変えることにした。

「だけど、その年齢で管理者ってのはすごいな。今年でいくつなんだ？」

「今年で十三ですっ！　管理者としての仕事は十歳からやってるのですっ！」

「それも早いな。まだ先代の管理者もいるんだろ？」

「んとー、わたしのお母さんとおばあちゃんが先代と先々代で、ランバット一族の女性だけが『楽園』の管理者になれて、その中で最年長のおばあちゃんが村をまとめて、そのお手伝いと管理者としての知識と技術をお母さんが教えて、そしてわたしに至るわけです！」

指を折りながらノルンが管理者について説明する。

つまりノルンは管理者ではあるが、まだ年若いので見習いに近い立場なのだろう。

だからこそ――

「――はいっ！　ここがわたしのお家ですっ！」

道中で見てきた物と比べて、立派な造りをした家屋の前でノルンは立ち止まる。

「クルシュおばあちゃんっ！　余所者たち連れてきたですよーっ！」

「はいはい……だけど余所者じゃなくてお客さんって言わんとねぇ」

庭先に置かれた椅子《いす》に身を預ける老女。

そんな老女に対して、レイドは頭を下げながら言葉を交わす。

「我々を迎《むか》え入れてくれたことに深く感謝致《いた》します、『楽園』の村長」

「いえいえ、そんなに畏《かしこ》まらないで構いませんよ。管理者の血筋として村をまとめる立場に就《つ》いてはおりますが、無何有《むかう》の地である『楽園』においては名ばかりですから」

そう顔のシワを深く刻んでから、クルシュは隣にいるノルンを呼び寄せた。

「ノルン、お客さん方が休めるようにミスラたちと一緒に部屋を片付けてきてくれるかい。その間にばあちゃんがお客さんたちと話をしておくから」

「はーいっ！　それじゃ余所者さんたち、また後でお話するですよーっ！」

にぱりと笑ってから、ノルンは手を振りながら家の中へと駆けていった。

その背を見届けたところで、椅子に座《すわ》るクルシュが手で椅子を指し示す。

「まずはお掛《か》けくださいな。椅子が足りなくて申し訳ないですけども」

「こちらこそ突然《とつぜん》の訪問で申し訳ない。しかし我々は世界の侵蝕《しんしょく》を止めるため、『楽園』で生きる者から話を聞かなければいけない状況にあります」

「そうですねぇ……ノルンが無線を使って事前に事情や素性《すじょう》を伝えてくれたので入場を許可しましたが、あなた方の名を聞いて直接話を聞かせていただきたく思いました」

柔和《にゅうわ》な表情を浮かべながらも、クルシュは静かに目を細める。

「『賢者《けんじゃ》』レイド・フリーデン、『魔王』エルリア・カルドウェン……そして、我々の祖先であるミリス・ランバットの名を使った真意をお聞かせ願えますか？」

クルシュが僅かな警戒《けいかい》と非難の込《こ》められた視線を向けながら尋ねる。

それはある意味で当然の反応だろう。

第一世界において誰もが名を知る『賢者』、その世界を崩壊《ほうかい》させた張本人である『魔王』、そして当人たちの祖先である初代『楽園』管理者、その名を何者かも分からない者たちに使われたと考えれば、多少なりとも嫌悪《けんお》や不信感を抱くだろう。

そして、今回は転生や時間移動といった説明は通じない。

『楽園』という千年近く隔絶された場所で過ごしていたことから、その裏で人類が生存のために様々な動きを行っていたことを『楽園』の人間は知らない。

それを今説明しても余計な不信感を抱かせることに繋がってしまう。

だからこそ――

「事情を話すと長くなりますが、こちらの少女は間違《まちが》いなくミリス・ランバット本人であり、我々は千年前の時代から時を超《こ》えて来訪しました」

「それは……また、ずいぶんと突拍子《とっぴょうし》もない話となりますね」

「ですが、それが真実であり揺るがない事実だからこそ、我々はそちらの疑念を深めるのを承知で実直に答えさせていただきました。そして……血縁者《けつえんしゃ》であるならば、口伝などによって伝わっているミリス・ランバットの逸話《いつわ》から当人の確証が取れると考えています」

これがミリスを同行させた一番の理由だった。

ディアンから聞いた第一世界のミリス・ランバットの逸話を基にして質問状を作成しても、外部の人間に伝わっている時点で信用に足る確証とは言い難《がた》い。

そして以前にレイドとアルマが問答をしたように、『相手がミリス・ランバットと名乗る人間の反応を見て判断する』という可能性もあったのでミリスを同行させると決断した。

「……なるほど。確かに私たちの一族でしか知り得ない話はあるでしょうし、それに答えることができればあなた方の話にも信憑性《しんぴょうせい》が生まれるということですか」

「ええ。我々の全てを信じて欲しいとは言いませんが、少なくともそちらの信頼《しんらい》を得ることはできるかと考えています」

「既に信頼はしておりますよ。この『楽園』まで辿《たど》り着く実力を持ちながら、武力ではなく私たちに対して礼節を持って接してくれている方々ですから」

そうクルシュが柔《やわ》らかい笑《え》みと共に頷《うなず》いてから、ミリスに顔を向ける。

「さて……本当に私たちの祖先だとしたら大変無礼ではありますが、いくつか質問をさせていただいても構いませんか？」

「は、はいっ！　よろしくお願いしますっ！」

緊張《きんちょう》した面《おも》持ちのミリスを見て、クルシュは鷹揚《おうよう》に頷いてから――


「ミリス・ランバットは、初めてのおねしょで布団《ふとん》をどうやって隠《かく》しましたか？」


その質問を聞いた瞬間、ミリスが崩れ落ちるように膝を折った。

「つぁぁぁッ……まさかこんな精神攻撃《こうげき》を仕掛けてくるなんて……ッ!!」

「いや子供の頃《ころ》ならおねしょくらい普通なんだし、そのまま答えればいいだろ」

「普通ならそうなんですけどね……ッ！　ちょっと思い当たるエピソードが黒歴史に近いものなので、答えるだけでも精神的負担が……ッ!!」

「答えなかったら偽者《にせもの》判定で俺《おれ》たち全員が詰むぞ」

「分かってますよっ！　ちゃんと答えますってばっ‼」

苦悩《くのう》に満ちた表情と共にミリスが口を開く。

「ちょうど羊の毛刈《けが》りを終えた時期だったので、丸刈《まるが》りの羊に布団を乗せて『羊に新しい毛が生えてきた！』と言って自信満々に母親へと報告しました……ッ‼」

「アホっぽい内容だけど独創的な感じできたな」

「わたしは結構好きかもしれない」

「ちなみに、後で母親から『おねしょした布団を巻かれた羊の気持ちを考えなさい！』という若干斜《じゃっかんなな》めから切り込まれた怒りと共にゲンコツを喰《く》らいました……」

「その怒り方にも血筋というかミリス嬢《じょう》と近しい感じがあるな……」

「ランバットみがある」

「私に対する新しい表現が生まれましたねぇッ‼」

そんなやり取りを交わす中、クルシュは何度も静かに頷く。

「そうですか。それでは宝物はどこに入れていましたか？」

「ええと……近くの林に箱を埋《う》めていましたね」

「そうですね。それで埋めた場所を描いた地図をぬいぐるみに入れていましたね」

「それを忘れて私はぬいぐるみを洗って、地図がボロボロになって行方《ゆくえ》不明に……ッ！」

そうしてクルシュが質問を投げ掛け、ミリスが当時のエピソードを交えながら答える。

ミリスの言葉を聞きながら、クルシュは柔和な笑みと共に何度も頷き――

「それでは最後の質問をさせていただきますね」

真《ま》っ直《す》ぐ、ミリスを見つめながら問い掛ける。

「かつて――あなたが『大切な隣人《りんじん》』と呼んだ方は何人いますか？」

その問いかけを聞いた瞬間、ミリスは驚《おどろ》いた表情をしてから僅《わず》かに俯《うつむ》く。

それはきっと、『ミリス・ランバット』という人間にとって世界や時間を跨《また》いでも変わらない大切な存在なのだろう。

だから世界や長年の時が過ぎて姿形が変わろうとも、ミリス自身はその面影《おもかげ》や残滓《ざんし》のようなものを本能的に感じ取ることができたのだろう。

だからこそ、ミリスは毅《き》然《ぜん》とした態度で答える。

「――三十六人、この地を守ってくれていたリスモールたちです」

ミリスが静かに答えた直後。

遠くから嘶《いなな》きのような声が響いてきた。

それはやがて呼応するように増え、重なり、重奏へと変わっていく。

周囲を徘徊《はいかい》していた『災厄』の巨人《きょじん》たち。

それが――今は一斉《いっせい》に『楽園』へと身体を向け、竜頭《りゅうとう》を天上に向けている。

そんな巨人たちの反応を見たことで、クルシュは大きく頷いてみせた。

「……私たちの祖先である『ミリス・ランバット』は牛や羊といった動物たちを友と呼び、魔獣《まじゅう》でありながらノアバーグに住む民や土地を見守るリスモールたちに対して、彼《かれ》らを『大切な隣人』と呼んで人間と同じようにして扱《あつか》い、名前を付けて呼んでいました」

「はい。だから彼らも私を見る度に名前を呼ぶようになったんです」

地上へと続く穴から顔を覗《のぞ》かせた時、巨人はミリスの名を口にした。

そこで過去のミリスと面影を重ねたのか、同じ魔力を感じて認識《にんしき》したのかは分からない。

一つだけ確かなのは、彼らが今も『楽園』を守り続けているということだ。

「千年前、ミリス・ランバットと『魔王』は一つの契約《けいやく》を交わしました。『魔王』と言葉を交わしたミリス・ランバットの一族が管理者となることで、ノアバーグの地を世界で唯《ゆい》一《いっ》の『楽園』と定めて浄化《じょうか》後の世界を生きることが許されたと」

「それで……リスモールたちは私の手助けを買って出てくれたんですね？」

ミリスの言葉に対して、クルシュは静かに頷き返す。

「その通りです。リスモールたちは友人として接してくれたミリス・ランバット、その影《えい》響《きょう》を受けたノアバーグの民たちの力になりたいと自ら『魔王』に申し出て、浄化に耐《た》えられる肉体へと変えて『楽園』の守護者になることを選んだというわけです」

「あの子たちらしいですねぇ……。私や村の人が困っていたらすぐに穴から顔を出して、色々と手伝おうとしてくる優《やさ》しい子たちでしたから」

そう、ミリスが懐《なつ》かしむような表情で語る。

その思い出はミリスにとっても短い時間でしかない。

ミリスが地元を出て王都に来てから一年弱、その程度の期間では思い出が色褪《いろあ》せるようなこともなく、今でも鮮明《せんめい》に思い出せるほど直近の出来事だと言える。

それでもミリスが懐古《かいこ》の念を抱いているのは、大切な隣人たちが自分たちのために姿形を変えてでも守りたいと願い、千年もの時を過ごしてきたと知ったからだろう。

「正直……私は二人のことを友人として手伝いたいと思っただけで、世界が滅《ほろ》ぶ寸前とか色々と大変だとか、そういうのはどこか他人事《ひとごと》だと思っていたんですけどね」

そんな曖昧《あいまい》な気持ちを改めるようにミリスは顔を上げる。

「だけど——そんな私ですが、あの子たちを助けたいとか思ってしまいましたよ」

遠くに見える竜頭の巨人たちを眺めながら決意を新たにする。

「だから、あの子たちのためにも私にできることを――」

『アンマリナイトオモウヨー』

「いやぁ、そりゃ実力はそうですけど力になりたい気持ちが大事で――って」

突然聞こえてきた声を聞いて、ミリスがぐるりと勢いよく首を回す。

そこには――穴から顔を覗かせる大きなモグラがいた。

そして、鼻先をひくひくと動かしながら軽く首を振《ふ》る。

『ミンナ、オハヨウネー』

「あらあら……もうお仕事は終わったんですか、ペルシモさん」

『シゴトオワタヨー。ホカニハダレモイナカッタヨー』

『コッチモイナカッタヨー』

『ムコウモイナカッタヨー』

一体が現れたのを皮切りに、ぽこぽこと地面からリスモールたちが顔を出してくる。

「いつもご苦労様です。向こうに果物があるので自由に食べてくださいね」

『『『ヤッター、クダモノタベルー』』』

「私の中で僅かに生まれたシリアスパートが秒で破壊《はかい》されましたよッッ!!」

楽しげに首を振るリスモールたちとは対照的に、ミリスは悔《くや》しげに地面を叩《たた》いていた。

「この子たち姿形が変わったとか言ってましたよねッ!?」

「ええ、そうですよ。ですが途中《とちゅう》で寂《さび》しくなって人間と会話がしたくなったようで、意識を具現化して昔の姿を取れるように自分で魔《ま》法《ほう》を組み上げたそうです」

『マホウカンガエタヨー』

『オシャベリデキナイトサビシイカラネー』

「千年の時を経て村ではなくリスモールたちが進化したですと……ッ!?」

「ん、魔獣は魔力《まりょく》を取り込み続けると半永久的な命があるし、護竜《ごりゅう》みたいに一定以上の知性を持つ魔獣は魔法が使えたりする。だけどこんな複雑な魔法を組んだ魔獣は例がない」

『ホメラレター』

『オンナノコニホメラレルトウレシイー』

「こんなバカなことばかり言っていた子たちに魔法で先を越《こ》されるなんて……ッ!!」

打ちひしがれるミリスを他所に、リスモールたちは楽しげに身体を揺らしていた。

『ミリス、スコシダケムカシトカワッター?』

『ナンカフンイキカワッタヨネー』

『イナカカラデテイロケヅイタカー？』

『ネェネェ、イマドンナキモチー？』

「久々に会った知り合いみたいな会話と共に煽《あお》りまで習得しているッ!!」

「まぁ千年経ちましたから、その間にこの子たちも色々覚えたんでしょうねぇ」

ミリスとリスモールたちの様子を見て、クルシュが穏《おだ》やかな笑みと共に頷く。

「さて……彼らが素直《すなお》に出てきたということは、あなたは間違いなくミリス・ランバットということなのでしょう。それならば改めて詳しく話を聞こうと思いますが――」

そこで言葉を切ってから、クルシュは皺《しわ》を深く刻みながら笑い掛ける。

「まずは久々の御客人《おきゃくじん》に対して、宴《うたげ》の席を開くとしましょうか」

◆

その後、レイドたちは正式に『楽園』へと迎え入れられた。

『楽園』に身を置く五百名の人間たちが寄り合い、千年ぶりの来客という大きな出来事に胸を躍《おど》らせながら談笑し、来客である一行に質問を投げかけた。

その結果――

「「「疲《つか》れた……」」」

温泉に身体を沈《しず》めながら、エルリアたちは空を見上げ深々と息を吐《つ》いた。

「まぁ気持ちは分かるけどね……あたしたちが千年前の別世界から来たって話は村長たちランバットの人間しか知らないとはいえ、そもそも千年ぶりに外から人が来たんだから話を聞きたいってなるのが普通でしょうし……」

「千年後でも田舎者全開であることが私としては悲しくも誇《ほこ》らしいですよ……」

「二人に全部任せて申し訳なさしかない……」

前と比べて人見知りが改善されたとはいえ、やはり大勢の人間に囲まれると普段通りに振る舞《ま》うことができないので、村人の対応はアルマとミリスに任せきりだった。

そしてレイドは村長であるクルシュに対して今後の説明と情報収集、ウィゼルは会話の記録と後ほどの共有のために付き添《そ》っていたので、エルリアは『楽園』の中で使われている魔法を調べて『魔王』の足跡《あしあと》を辿っていた。

「ノルンのおかげで、すごく効率よく回れて助かった」

「いえいえっ！　エルリアさまのお役に立てて何よりなのですっ！」

にぱりと笑うノルンに対して、エルリアも微笑《ほほえ》みながら頭を撫《な》でる。

ノルンにもエルリアたちの出自については説明している。

まだ幼いこともあって詳細《しょうさい》までは理解していなかったようだが、とりあえず伝承に出てくる『魔王』と同一人物ということは理解したらしい。

そして『魔王』の認識も外の人間とは異なり、初代管理者のミリス・ランバットの友人、『楽園』の創始者といった側面が色濃《いろこ》く伝わっているようだった。

その結果——

「エルリアさまっ！　明日はどこを回りますかっ？　湖の浄水《じょうすい》機構とか土壌《どじょう》保全機構とか、他にも色々わたしは知ってるですよっ！」

「うん、明日も一緒にお散歩しよう」

「やったーっ！　まだまだ紹介したいところが盛りだくさんなのです！」

今ではエルリアの膝《ひざ》の上に乗るほど懐かれていた。

エルリアの質問に答えられることが嬉《うれ》しかったのか、ノルンは嬉々《きき》とした様子で散策に付き合ってくれた。魔法に関連する話なら話題が尽《つ》きないので楽しく過ごせた。

そして、もう一つ分かったことがある。

「先祖譲《ゆず》りなのか、ノルンの刻印技術もすごかった」

「ほほう、それは先祖たる私も鼻が高いですねっ！」

そうミリスが胸を張ると、ノルンが訝《いぶか》しげな視線を向ける。

「……念のために確認《かくにん》するですけど、本当にわたしたちの御先祖様《ごせんぞ》なのです？」

「逆に別人だったら私が自分自身の存在を疑うんですけどッ!?」

「だって御先祖さまなのに、わたしたちランバットが持つ『解理眼《かいりがん》』について何も知らないと言っていたです。本物の御先祖さまなら知っているはずです」

これもノルンとの会話で分かったことだ。

ランバットの血筋は特異な『眼』を持って生まれてくる。

目にした物を完璧《かんぺき》に記憶する瞬間視、構造や奥行《おくゆ》きといった空間把握《はあく》といったものだけでなく、それらに連動した最適な身体運動さえも理解して再現できる。

今にして思えば、その片鱗《へんりん》は所々で垣間見《かいまみ》えていた。

顕著な例で言えば寸分の狂《くる》いもない魔力回路の刻印といったところで、他にも魔具《まぐ》修理の際に魔力回路だけでなく構造まで把握できていた点、早い段階でエルリアの訓練に順応して動きを最適化していた点などが挙げられる。

それは単純な再現に留《とど》まらず、『最適な動きを理解している』ということから、既存《きそん》の状態から当人の思考や発想を上乗せすることができる。

つまり最適解を得た後、それを基に新たな創造や発展まで行えるということだ。

それは技術分野においては発明家、戦闘《せんとう》や軍事分野であれば軍師、魔法分野であれば賢者といった具合に、多岐《たき》において成功を収めることができる無二の突出《とつしゅつ》した能力と言える。

それこそミリス・ランバットという人間が世に出て知られていれば、第一世界で多分野に功績を残した賢者レイド・フリーデンの生まれ変わりと持て囃《はや》されたことだろう。

しかし、それが両世界でも果たされなかったのは——

「そんなもん知るわけないじゃないですか。こっちは一介の田舎民ですし、毎日牛とか山羊《やぎ》とか羊とかの世話してのんびり暮らしていたわけなんですから」

ミリスが頬《ほお》を膨《ふく》らませながら開き直っているが、それが全ての理由だった。

ランバットの人間はノアバーグという辺鄙《へんぴ》な土地の生まれであり、環境《かんきょう》の変化が乏《とぼ》しい牧畜民《ぼくちくみん》としての生活を送っていて、外部との交流や往来も極《きわ》めて少なかった。

ざっくり言ってしまうと、完全に宝の持ち腐《ぐさ》れ状態だったということだ。

「それになんというか、すごい能力って言われても地味な感じしませんか?」

「むぅ……それにはわたしも少しだけ同意せざるを得ないです」

「ですよね? レイドさんとかエルリア様みたいな分かりやすくて派手な感じなら分かりますけど、私にとって魔具の修理とかって日常の一環《いっかん》くらいのものでしたし、てっきり田舎《いなか》特有の常識みたいなものだと思ってましたよ」

「わかりますっ！　わたしも派手な魔法とかでズバーンとかできる方が良いですっ！」

「ですよねーっ！　いやぁさすが私の子孫なだけあって分かってますよっ‼」

同じ血筋ということもあってか、ミリスとノルンが息を合わせて頷き合っていた。

本人の性分《しょうぶん》がこのような感じだったので、おそらく才能が表面化しなかったのだろう。

ここまで才能と正反対の道を突《つ》っ切っていくのも珍しいが、それがミリスらしいとも思えるので難しいところだ。

そうして時を超えて先祖と子孫が熱い握手《あくしゅ》を交《か》わす中、アルマが不意に顔を上げる。

「そういえば、色々見て回って調査した結果はどうだったの？」

「ん……『楽園』の中で使われていた魔法は色々な種類があったけど、今のわたしでも理解して組めそうなものが多かったと思う」

『楽園』には空間拡張を始めとした、多種多様な魔法が組み込まれている。

それらによって天候といった自然現象、土壌や食物連鎖《れんさ》といった自然体系まで保たれており、外部との交流が一切《いっさい》なくとも自活することができるようになっている。

しかし使われている全ての魔法を『楽園』という箱の中に組み込んで、その全てが干渉《かんしょう》しないように組み上げるという時点で至難と言えるだろう。

だが――

「だけど……調べる度に、本当にわたしが作ったんだって分かってくる」

既《すで》にエルリアは『楽園』と似たような存在を作っている。

それは――複数の魔法を組み合わせて設置した『世界樹』だ。

規模や形状は違《ちが》えど、複数の魔法を組み合わせて相乗効果を生み出したり、それらが干渉し合わないように配置する癖《くせ》のようなものまで酷《こく》似《じ》していた。

「あと、『楽園』の中で拡張された風景を見る度に既《き》視《し》感《かん》を覚えた」

「どういうこと？　どこかで見たことがあるとか？」

「うん。わたしがエルフだった時に住んでいた場所と、すごく似ている気がする」

空に瞬《またた》く星々を眺めながら、エルリアは過去の光景を思い返す。

「わたしが住んでいた森、近くにあった山、その間を流れる川、少し離《はな》れた位置にある人間の村……それと似ている光景だった」

そこまで語ったところで、エルリアは僅かに俯く。

『エルリア・カルドウェン』という存在の原風景。

何も知らずに過ごしていた、純真無垢《じゅんしんむく》な子供時代に眺めていた光景。

アルテインに侵略《しんりゃく》された第一世界と自分が過ごした故郷とは多少異なる部分もあるだろうが、幼少期に抱《いだ》いたであろう感情や思い出は大きく変わらない。

それを理解したことで、『魔王《まおう》』となった自身が『楽園』を作った理由を理解した。

「きっと……この世界のわたしは、どうしても諦《あきら》めたくなかったんだと思う」

自分が幼い頃から抱いた理想。

魔法によって人々が平和に生きる世界。

そんな自分の想《おも》いとは正反対の道に人類が進み始めたからこそ、『魔王』は創り出した魔法によって世界を破滅に導くことにした。

それでも、『魔王』は自分の抱いた理想を捨てきれなかったのだろう。

「使われていた魔法のほとんどは……わたしが子供の頃に抱いた疑問を解消するようなものばかりだった。どうして土を耕すのか、なんで虫は木や花の周りを飛び回るのか、井戸の水はどこから来てるのか、それを理解して簡単にできないかと思って魔法を創ったから」

そんな小さな疑問の数々が『魔法』の原点だった。

その疑問を理解して、代替《だいたい》して、簡略化して……仲間であるエルフたちが少しでも暮らしやすいようになればいいという想いがあった。

それはエルリア自身が子供だったからこそだろう。

子供で何もできない自分に代わって、大人たちは汗《あせ》を流しながら身体にいくつもの生傷を作って働いていた。

そして……家を空けることが多かった父親に代わって、母親はエルリアの面倒《めんどう》を見ながら家事を始めとした様々な仕事をこなしていた。

その負担によって母親から一線を引かれたからこそ……その負担を減らして時間を作ることができれば、母親が自分に目を向けて愛情を注いでくれるかもしれないという、子供が抱く寂しさを解消するためだった。

そして当時はエルフと人間種の間に壁《かべ》があったことから、エルフだけでなく人間も余裕《よゆう》ができれば種族間の壁を取り払《はら》うことができるだろうと子供ながらに信じていた。

だから——エルリア・カルドウェンは魔法を創り上げた。

遠くの川から水を運ぶのではなく、水をその場で生み出せればいい。

森から果実や木の実を探すのではなく、豊かな土を作って果樹を生やせばいい。

狩猟《しゅりょう》のために罠《わな》や矢じりを作って持ち運ぶのではなく、その場で作り出せばいい。

火を起こすのに火打石を叩くのではなく、火そのものを生み出せばいい。

それでみんなが平和に過ごせると、子供だった時の自分は心から信じていた。

「今日見て回った場所に使われていた魔法も、単体で見れば大きな事象を生み出しているけど……それを構成するための魔法式は細かく分けられて簡略化されていて、魔法について学んだ人なら管理できるように組まれていた」

それは子供時代のエルリアが想い描いた、誰《だれ》もが使えて豊かに過ごせるようにするために組んだ魔法そのものだった。

結局、第一世界でその願いは果たされなかったが……後に出会ったミリス・ランバットを始めとした、ノアバーグの人間ならば正しく使ってくれるだろうと、自分が果たせなかった理想を『楽園』という小さな箱庭で体現した。

そんな過去の自分が抱いた想いの片鱗が随所《ずいしょ》に散らばっていた。

「だから……今日まで『楽園』が続いていることを知ったら、すごく喜んだと思う」

自分の理想を正しく理解して、それを後世に伝え続けてくれた人間たちがいる。

それで第一世界の自分が抱いた怒りや憎悪が完全に消えることはなくとも、その事実によって『自分は間違っていなかった』と思うことができただろう。

「いっそのこと、全部終わったらわたしも住みたいくらい」

「エルリア様が田舎に住むって逆に想像できないんですけど……？」

「そんなことない。元々エルフだから森とか自然の中の方が好きだし、それでのんびり本を読んで、木陰《こかげ》でお昼寝《ひるね》して、ぬるめのミルクティーを飲む日々を無限に過ごせる」

「いやいやっ！　実際のところ田舎って大変ですよっ⁉　畑仕事も大変だし、牧畜《ぼくちく》の世話もしないといけないし、のんびりどころか不便極まりないんですからっ‼」

「それを魔法で全て解決して千年間も続いてきたのが『楽園』の構造」

「既に成功モデルがあるので何も言えなくなりましたよッ!!」

「確かに昔は大変だったと聞いてるです。わたしたちも『魔法のありがたみを知ろう体験』として魔法を使わずに仕事をする期間を作ったりしていますが、毎日やれって言われたら少し辛《つら》いのです」

「私が過ごしてきた田舎生活をアトラクションみたいに体験しないでもらえますかねッ!?そんなに楽ばかりして過ごしていると田舎民の取《と》り柄《え》であるタフさが薄《うす》れますよっ!!」

「御先祖さまが時代錯誤《じだいさくご》なことを言ってくるのです……」

「なにせ千年前の人間ですからね！　ほら見てください、こんなにぷにぷにですよっ!!」

「ほっぺは時代問わずにぷにぷにだと思うですぅぅぅ……」

何やら納得《なっとく》がいかないのか、ミリスが行き場のない感情を発散するようにノルンの頬を両手でふにふにと引っ張っていた。とりあえず普段《ふだん》通りなので放置しておこう。

「あ、そういえば御先祖さまに質問あるですっ！」

「はいはい、なんでしょう？」

「御先祖さまの旦那《だんな》さまについてですっ！」

「………旦那様？」

「そういえば子孫がいるってことは、ミリスに相手がいたってことよね？」

「待ってください、アルマ先生のように諦めて開き直ったパターンもあります」

「グーで殴《なぐ》るわよ」

「だけど、ノルンとミリスは似てるから直系な気がする」

千年の時が経《た》っているので色味や深みに違いはあるが、ノルンもミリスと同じ金髪碧眼《きんぱつへきがん》なので、ほぼ間違いなく血縁者ではあるだろう。

「ミリス、兄弟とか姉妹《しまい》は？」

「一応、現状の私は一人っ子なんですけど……田舎だと遅《おく》れて夫婦愛《ふうふあい》が再燃して二人目を育《はぐく》んだりもするので、そっちが子孫の場合もあり得るんですよねぇ……」

「それはないのです。『ミリス・ランバットの婚姻《こんいん》式が執《と》り行われた』って歴史書に書いてあったので、御先祖さまは結婚《けっこん》していてわたしたちは間違いなく直系なのです」

「千年間受《う》け継《つ》がれてきた歴史によって私の恋愛《れんあい》事情が確定されていく……ッ‼」

「でも、歴史書があるなら相手も誰か分かってるんじゃないの？」

「うーん……どういった人物かは記されていたのですけど、その旦那さまは帝都《ていと》を離れて隠居《いんきょ》目的で村に移住して来たようなので、偽名《ぎめい》を名乗っていたそうなのです」

「そして私の旦那さんが胡散臭《うさんくさ》い疑惑《ぎわく》が浮上《ふじょう》してきましたよ……ッ‼」

「なので、御先祖さまに心当たりのある人がいないか訊《き》いてみたのです。少なくとも移住後に『楽園』へと貢献《こうけん》したり、機械や魔具の整備、その他にも多くの環境を整えてくれた方なので悪人ということではないと思うのですけど……」

ノルンの言葉を聞いて、全員で興味深そうに聞きながら腕《うで》を組む。

「ん……具体的には、どういう人だったの？」

「えと、帝都で機械や魔具の開発とかを行っていた方だったそうなのです」

「機械とか魔具を作ってた人」

「それで帝都でも名のある家柄《いえがら》だったそうなのですが、自身の才能に限界を感じてしまったことで家督《かとく》や相続権を放棄《ほうき》して、わたしたちの村にやってきたそうなのです」

「わりと有名だけど才能の限界に悩《なや》んでいた」

「その後に御先祖さまと魔王さまが出会って、『楽園』の維持《いじ》や管理方法、それと後世に伝えるために必要な細々とした問題に御先祖さまが悩んでいたところ、その方が知識と技術提供を買って出て、それに感動した御先祖さまが勢いで求婚《きゅうこん》したのです」

「最後でそこはかとなく私らしい要素あるのが真実味《しんじつみ》高いですね……ッ」

「ちなみに名乗っていた偽名は『レシュー・アーテル』なのです」

「全く私の知らない名前が出てきて困惑《こんわく》の極みって感じなんですが……⁉」

虚空《こくう》を見つめながら、ミリスは頭に疑問符《ぎもんふ》を何個も浮《う》かべていた。

そんな中、アルマが指先でエルリアの背中を突《つつ》いてくる。

「……エルリアちゃん、あたし『アーテル』って言葉の意味知ってるんだけど」

「わたしも知ってる。たぶんアルマ先生なら知ってるかなって思った」

「つまりアルテインで使われていた言語ってことよね？　当時のあたしはアルテイン自体を知らなかったから古代語って呼んでたんだけど、ライアットの手記に同じ言語が使われていて、その解読表もうちには伝わってるのよ」

「うん。大陸言語は東方のアルテインが原初で、そこから西方に派生した経緯《けいい》がある」

「で、第一世界だとアルテインが統一したから言語派生が行われなかったと」

「地名や家名は残っただろうけど、基本的にはそうだと思う」

「で、ライアットの手記だと『黒旗』が『アーテル・ウェクシラ』だったのよね」

「わたしの記憶《きおく》だと『くすんだ黒色』みたいな意味合いだったと思う。アルテインだと黒の色合いによって単語が変わって、光沢《こうたく》のある黒がニーゲル、くすんだ黒がアーテルになって、レイドの部隊が帝国《ていこく》の正規兵じゃなくて成り上がりとか志願兵が大半だったから、正規兵と区別しつつ皮肉の意味を込めて呼んでたって前にレイドが教えてくれた」

「エルリアちゃん、魔法以外だと閣下の話で饒舌《じょうぜつ》になるのね」

「……話を戻《もど》したいと思う」

「はいはい。ちなみに千年前のヴェガルタも言語が違ったわよね？」

「うん、わたしが生きていた時代が旧ヴェガルタ語、その後にヴェガルタが大陸を統一して今の共用言語に変わってる」

「ちなみに千年前のヴェガルタ語で黒ってなんて言うの？」

「ノワール」

「白の方だと？」

「わたしの口からは言えない。レシューの綴《つづ》りを逆さまにしたらとかも言えない」

「あぁー……なるほど、そういうことねぇ」

「うん。そっちの方が楽しそうだから絶対に言えない」

目を輝《かがや》かせながら、エルリアはふんふんふんと何度も頷いた。

何度かレイドのことを相談した時にミリスも楽しそうな表情で目を輝かせていたが、今だったらその気持ちが理解できる。すごく楽しい。

「うーん……まだ出会ってなくて今後会うことがあるのか、それとも世界が違うので私の相手も変わったりするんですかねぇ……」

「それはなんか解釈違《かいしゃくちが》いなので嫌《いや》なのです」

「子孫からそんなダメ出しされることってあるんですねぇッ!!」

「だって歴史書には二人は老後まで仲睦《むつ》まじく過ごしたと書いてあるのですよっ！　それこそ御先祖さまは旦那さまの本当の名前を知っていたのに、『二人だけの秘密』とまで当時の日記に記していたくらいゾッコンだったのですからっ!!」

「エルリア様ッ!!　私を千年前に戻して第一世界の私を殴らせてくれませんかッ!?」

「そういう二人だけの秘密があるの、わたしも好き」

「ミリスにもそういった一面があったのねぇ……」

「くあああああッ!!　何者か分からないレシュー・アーテルによって私は一体どのようにして思考精神方針を改革されたって言うんですかああああああッ!!」

「「誰なんだろうなー」」

頭を抱《かか》えて叫《さけ》ぶミリスを見て、エルリアとアルマは楽しげに笑みを浮かべていた。

結局ミリスは答えに辿り着かなかったが、それを教えるのは野暮《やぼ》というものだ。

せっかく二人もあらゆる可能性を超えて再び出会ったのだから――

きっと、何も知らなくても再び惹《ひ》かれ合うことだろう。

◇

『楽園』の住民たちから歓待《かんたい》を受けた後。

クルシュに先導され、レイドたちはランバット家の地下に赴《おもむ》いていた。

「これは……外とは別世界のような場所だな」

地下の空間を眺《なが》めながらウィゼルが感嘆《かんたん》の声を漏《も》らす。

自然が広がる地上とは対照的に、地下には人工的な空間が広がっていた。

地下全体が金属板によって覆《おお》われ、その全てに緻密《ちみつ》な魔力回路が刻《きざ》み込《こ》まれており、強化と保護を掛《か》けることで空間内の物質が劣化《れっか》しないように施《ほどこ》された空間。

その魔法技術だけ見ても、明らかに第二世界よりも進んでいるように見える。

「これらは初代管理者のミリス・ランバットによる『作品』といったところですよ。彼女《かのじょ》が『楽園』の管理や維持、そして後世へと情報や技術を伝えていくための方法を模索《もさく》していた時、伴侶《はんりょ》であるレシュー・アーテルが考案してミリスが刻印を施したのです」

「なるほど……ランバット家に発現する『解理眼』で魔法の仕組みや詳細を『魔王』から伝えられたが、それを実現する具体性に欠けていた点を伴侶が補ったということか」

「レシューは家名こそ捨てて隠居した身ですが、優秀《ゆうしゅう》な技術者だったそうですからね」

「そのようだ。目新しさや革新性はないが、基礎《きそ》を疎《おろそ》かにすることなく堅実《けんじつ》に設計し、目的を確実に果たすだけでなく保全や整備が行いやすいように他者にも配慮《はいりょ》されている。面識のない他人ではあるが……技術者として目指す形の一つを示されたような気分だ」

そう答えながら、ウィゼルは僅かに笑みを浮かべながら壁面《へきめん》を撫でる。

その詳細は分からないが、ウィゼルの中では共感できる部分があったのだろう。

「ウィゼル、とりあえず分かる範囲《はんい》で機械やら魔具の状態を調べておいてくれ。その間に俺とクルシュさんは今後の話を進めておく」

「承知した。状態に問題は無さそうなので、あまり時間は掛からないだろう」

そう答えてから、ウィゼルが地下室にある機械類を調べ始めたところで……レイドは椅《い》子《す》に腰《こし》掛《か》けてクルシュと向かい合った。

「さて……まずは人目のない場所の提供をありがとうございます、クルシュさん」

「いえいえ、それと言葉も崩《くず》してしまって構いませんよ。ここには私たちしかいませんし、普段から平易な言葉でしか会話をしていないので、堅苦《かたくる》しい言葉《ことば》遣《づか》いですと私共としても会話に支障が出てしまうかもしれませんからね」

「それでは御《お》言葉《ことば》に甘《あま》えて……ここからは普段通りに会話させてもらおうか」

そう苦笑《くしょう》を向けてから、レイドは表情を改める。

「単刀直入に言うと、村長であるクルシュ・ランバットに交渉《こうしょう》を持ち掛けたい」

「……交渉、と言いますと？」

「俺たちの目的を果たすために、『楽園』を利用させて欲《ほ》しいといった内容だ」

レイドが率直《そっちょく》に告げると、クルシュが顔の皺を深く刻みながら訊き返す。

「その目的を訊かせていただいてもよろしいですか？」

「俺たちは世界の破滅《はめつ》……現在大陸で進行している魔力汚染《まりょくおせん》を阻止《そし》し、世界を正常な状態に戻すことを目的としている。そのために力を貸して欲しい」

「なるほど。ですがこちらは受け入れることはできません」

「おう、そう言うだろうとは思っていたさ」

レイドの言葉を聞いて、クルシュは僅かに表情を和《やわ》らげてから頷《うなず》く。

「これは……どうやら見た目通りの方では無さそうですね」

「これでも中身は九十近いもんでな。それなりに色々と経験してきてるし、そっちが協力を拒否《きょひ》する理由についても理解しているから安心してくれ」

この第一世界において、『楽園』という存在は様々な利用価値がある。

魔力汚染の被害《ひがい》を受けず、『災厄《さいやく》』と『落とし子』といった脅威《きょうい》に晒《さら》されることもないという土地は唯一無二《ゆいいつむに》と言っていい。

それこそ、今後この世界で生き残るためには誰もが移住を望むことだろう。

しかし、それは現実的ではない。

「いくら魔法で土地を拡張してあるとしても、その範囲や生活圏《せいかつけん》には限界がある。その証《しょう》拠《こ》に千年経っても人口が五百人前後で保たれているわけだからな」

『楽園』は外部からの安全が保証された土地というだけでなく、人間が生活するために必要な環境が十全に整えられている。

それならば千年という長い年月によって人口が想定を超《こ》えて増加していても不思議ではないし、むしろ自然の摂理《せつり》として正しいとも言えるだろう。

だが、その五百人前後という数字が『楽園』の中で生活することのできる適切な人数であるようにレイドの目には映った。

「これは予想だが、『楽園』の中では出生率やらも魔法で管理されているんだろ?」

「……なぜ、そのような考えに至ったのですか?」

「そもそも完全に隔離《かくり》された土地で、人間は千年も生きることができないからだ。俺《おれ》は何度か未開の島を調査したが、そこでは閉鎖《へいさ》された土地で繰《く》り返された近親相姦《そうかん》によって正常な赤子の出生率が低かったり、免疫力《めんえきりょく》の低下や様々な要因で平均寿命《じゅみょう》が極端《きょくたん》に低かった。それこそ最年長の人間が三十代っていう島もあったくらいだからな」

調査という名目で、レイドは隔絶《かくぜつ》された未開の地に足を踏《ふ》み入れたことがある。

しかし、そのほとんどは極端に免疫力が落ちていて、軽い風邪《かぜ》ですら命を落とす肉体や環境であったこと、その状況《じようきよう》を回避《かいひ》するために漂着《ひようちやく》した人間や外部の人間を攫《さら》って強引《ごういん》に血を薄めることを風習として持つ部族が大半であった。

それらの部族の歴史が長くても数百年単位であったことから考えると、千年近く隔絶されている『楽園』の中でクルシュのような老齢《ろうれい》の人間が存在している時点で、通常とは明らかに異なる理《ことわり》が働いているのは見て取れる。

そしてノアバーグの人間が本来は何も力を持たない牧畜民であるならば、その異質な理は『魔法』によってもたらされたものだと考えるのが自然だ。

「その管理下に置かれている限り、『楽園』の人間は誇張抜《こちようぬ》きで永遠に存続できる。つまり外部の人間を受け入れる必要もない。むしろ外部の人間と関与《かんよ》することで生まれる余計な軋轢《あつれき》や問題を考慮《こうりよ》すれば、まぁ拒絶《きよぜつ》するのも納得って話だ」

「仰《おつしや》る通りです。私たちは初代管理者であるミリスの友人、『魔王』の力によって生かされている身と考えています。しかし外部の人間はその限りではないため、外部と関わりを持てば管理と維持に支障が出て、安易に外部の人間を受け入れることがあれば『楽園』の存続が危《あや》ぶまれるというのが一族の総意です」

その意図についてはディアンから話を聞いた時点で察していた。

外界で存続しているアルテイン側が『楽園』が今も現存していることを認知《にんち》していながらも、『楽園』の詳細については一切知ることができない。

それは『楽園』の機構によって遮断《しゃだん》されていたとも考えられるが、外部の情報を受け取りながらも『楽園』側が意図的に連絡《れんらく》を拒絶していたとも考えられた。

「実際に『楽園』の創設初期には安住の地を求めて、アルテインが『楽園』へと侵攻《しんこう》するといった計画が立てられたとも聞き及《およ》んでおります」

「まぁそれについては周囲の巨人《きょじん》だったり、他の『災厄』や『落とし子』がいるせいで不可能だったわけだけどな。だけど無駄《むだ》な犠牲《ぎせい》を増やさないように外部からの連絡に反応せず、今も『楽園』は存続していると発信するってのは外部の人間の希望にも繋《つな》がるから案としては最高だったと俺は思うぜ」

『楽園』をまとめているランバット家が外部の連絡を無視し続けたのは、安全が確立された地を独占《どくせん》しようという意図ではなく、『楽園』を巡《めぐ》って残存人類の無用な争いを避《さ》けるためだったのだろうとレイドは考えた。

もしもランバットの人間に多少なりでも野心を持つ者がいれば、圧倒的《あっとうてき》に優位な立場を利用してアルテインに対して優位な交渉を行っただろう。

それを行わなかったのはミリス・ランバットという人間の人柄《ひとがら》によって『魔王』が多くの恩恵《おんけい》をもたらしたこと、『魔王』の友人として信頼《しんらい》に背《そむ》くのではなく応えたいといった考えを持ったランバット一族と村民たちの人柄によるところが大きい。

しかし――それを永遠に続けることはできない。

「それで、今後も『楽園』は一切関与《いっさいかんよ》しない姿勢を貫《つらぬ》くつもりか？」

「……少なくとも、私たちはそのように考えていますよ。『魔王』エルリア・カルドウェンが望まれた理想を後世に継いでいき、世界が浄化《じょうか》された後に理想郷を築き上げるのが友人である我々の使命だと考えておりますから」

「だけど、それが難しいってのも理解できてるんだろ？」

レイドの言葉に対して、クルシュは口を噤《つぐ》んだまま答えない。

しかし、それが答えだとも言える。

「――人類の滅亡《めつぼう》と同時に、この『楽園』も消滅《しょうめつ》するだろうからな」

自身の立てた仮説をレイドは告げる。

『魔王』は人類に絶望し、世界を無に帰してリセットすることを選んだ。

そして世界の全てが無に帰った後……自分の理想を継いだ『楽園』の住民たちによって、自身が想い描《えが》いた理想の世界を作るように託《たく》したのだろう。

そう――『魔王』は全てを託したのだ。

「人類が滅亡した後、世界には汚染魔力《おせんまりょく》が満たされることになる。それでは結局人類は存続できず、『魔王』が想い描いた世界は実現されない。そんな未来さえ想定できないような奴《やつ》なら魔法を創ることも、世界を滅亡まで追い詰《つ》めることもできない」

だからこそ、『魔王』は全ての最期《さいご》を見据《みす》えて魔法を組み上げていると考えた。

「俺たちは汚染魔力と言っているが、その大元は『魔王』から生み出された魔力だ。それらを意のままに操《あやつ》ることができれば、汚染魔力を生み出している『魔力の発生源』が世界から消えて汚染魔力も消滅することになる」

その考えに至ったからこそ、第一世界の人間は過去に戻ったエルリアの命を狙《ねら》った。

結局は失敗に終わってしまったが、自身の魔力を操ることができる『魔王』ならば確実に全ての汚染魔力を処理することができる。

「おそらく『楽園』以外の人間の反応が消えるといった条件付けによって、全ての汚染魔力を利用した魔法《まほう》が発動し……それ以上に強大で高密度な『魔力の発生源』にぶつけることで、対消滅を起こして世界から完全に消し去る算段だったんだろう」

既に今の人類や世界には未来も希望もない。

人類が滅亡するまでに、それを何度も『魔王』は眺めることになる。

自身の思想を叶《かな》えるための種を蒔《ま》きこそしたが、その者たちが歴史を繰り返すようなら再び絶望を味わうことになる。

そんなものは二度と見たくない。

二度と同じように絶望したくない。

人類の滅亡など、自身の理想を踏みにじられた怒《いか》りに対する制裁でしかない。

魔法を創り出した者としての責務を果たすためでしかない。

それは本来の目的を果たすための過程でしかない。

もう傷つきたくない、二度と絶望したくない。

だからこそ――


「――そして、『魔王』に相応《ふさわ》しい最期として魔法で自身を殺すことを選んだ」

魔法を創り上げて世界を変え、魔法によって世界と人類を粛清《しゆくせい》し、全ての業を背負って『魔王』に至った自分を魔法によって世界から消し去る。

それはまさしく、魔法を創り出した者に相応しいと言える最期だろう。

「詮無《せんな》い言い方をすれば、世界と人類を巻き込んだ壮大《そうだい》な自殺だ。魔法によって世界を変え、魔法によって多くの者たちを傷つけて……その責任を最期まで取った上で、自身を完全に消し去りたいと思うほど、『魔王』は魔法を創り出した責任を感じたんだろうさ」

その全てが正しいとは限らない。

しかし──『エルリア・カルドウェン』なら、そのように考えるだろうと考えた。

そこまで語ったところで、レイドは軽く頭を振《ふ》る。

「話を戻すが、全てが終わった後に『楽園』は消滅することになる。維持や管理は自然の中から生み出される魔力によって行われているが……拡張された空間などは『魔王』の魔力によって創り出されている以上、全てが今まで通りということはないだろう」

拡張された空間だけでなく、様々な部分で綻《ほころ》びが生じることになる。

「『楽園』の人間は『楽園』の中だからこそ存続することができている。たとえ他の人類が滅《ほろ》んで魔力汚染が収まったとしても、外界で生きていくことができるという保証がないっていうことでもあるわけだ」

『楽園』という環境は人間にとって最適化されているだけでなく、出生率を含《ふく》めた様々な面において一定の管理下に置かれている状況と言える。

そんな環境にいる人間が外界で生きることができるかと言えば――答えは否だ。

外界という管理から外れた環境で不測の事態が起きれば、その者たちでは対処することができず、管理から外れた者たちを『楽園』は再び受け入れることができない。

そして……その状況は時を経るごとに悪化していき、外界の人類が滅んだ時には取り返しがつかない状況に陥《おちい》っている可能性が高い。

それに加えて、『楽園』の内部でも問題が起こらないとは言い切れない。

「ノルンが俺たちの前に現れた時、『脱走《だっそう》した悪い子』って言葉を口にしていたが……その言葉から察するに、『楽園』から出ようとする人間がいるってことで間違《まちが》いないな？」

「……そちらも否定しないでおきましょう。『楽園』の住民の中には変わらない日々や外界から隔離された環境に対して疑問を抱き、外界への興味から『楽園』の外に出ようと試みる者たちが稀《まれ》にいました」

「それを『管理』するのもランバット一族の役目ってわけか」

「その通りです。だからこそランバットの人間だけが外界に出ることを許されており、脱走した者を連れ戻すか、それが叶わなかった場合……死亡等を確認した後に新たな住民の枠《わく》を設けるといった措置《そち》を取っているわけです」

「なるほどな。俺たちに近づいて来た巨人はノルンの護衛も兼《か》ねてたってところか」

「ええ。リスモール……『楽園』の周囲に配置された巨人たちは私たちを襲《おそ》うことはありませんが、他の獣《けもの》たちはその限りではありませんから」

クルシュの言う獣たちというのは、恐《おそ》らく『災厄』から生み落とされた『落とし子』たちのことを指しているのだろう。

それこそ巨人たちは外敵を排除《はいじょ》するためだけでなく、『楽園』を出ようとする住民たちを守ることや、他の『災厄』や『落とし子』が近づかないようにする役割らしい。

「それなら管理者ではなく、村を統率《とうそつ》する指導者という立場からの意見を聞かせて欲しい。ランバットの人間は、自分たちや子孫が今後も生きる残ることができると思うか？」

レイドの問い掛けに、クルシュは何も答えずに押《お》し黙《だま》る。

既に『楽園』から脱《だつ》しようとする者が出ている以上、そういった思想を抱く者たちは今後も定期的に現れることだろう。

それだけで済めば『楽園』の存続だけは叶うだろうが、外界への進出を望む人間が過半数を占《し》めることになれば、人類の滅亡より先に『楽園』の崩壊《ほうかい》へと繋がるだろう。

だが……それらを理解していようとも、『楽園』の人間には選択肢《せんたくし》がない。

「どちらにせよ……我々は『楽園』を存続させる盟約を果たすことしかできません。我々の優位性は『楽園』という土地と環境のみで、それ以外には何も力を持ちませんから」

『魔王』から与《あた》えられた『楽園』に住まう権利を持っているというだけで、『楽園』の住民たち自体は何も力を持たない人間だ。

仮に『楽園』を手放す決断をしても外界の人類に蹂躙《じゅうりん》されて既得《きとく》権益を奪《うば》われて終わるか、今まで安全な場所で過ごしてきた『裏切り者』として排斥《はいせき》されることだろう。

そして変化を嫌《きら》って古《いにしえ》の盟約を守り続けても、緩《ゆる》やかな滅亡の影《かげ》が顔を覗《のぞ》かせてくる。

そんな八方塞《ふさ》がりの状況で、選択肢さえもないのが『楽園』の実情だ。

「だから、俺たちから『楽園』側に提示したいことがある」

「……それは、どういった内容でしょう？」

目を細めたクルシュに対して、レイドは笑いながら告げる。

「――この『楽園』を手放して、俺たちに譲《ゆず》ってくれないか？」

そんな突拍子《とっぴょうし》もない提案に対して、クルシュは間を置いてから口を開いた。

「そんな提案に首を振ると、本当にお思いですか？」

「そりゃ無理だろうな。『魔王』との盟約やらを抜《ぬ》きにしても、ここはお前たちが千年間も守ってきた唯一無二の故郷だ。それを易々《やすやす》と手放せとは俺たちも言わないさ」

「……つまり、手放すことで相応の対価が我々に与えられるということですね」

「そういうことだ。現状維持では先細りして遠い未来に一族は滅びを迎《むか》える、今すぐ変化を求めれば外界の人類との軋轢から淘汰《とうた》される。だから俺たちからは『楽園』と同等の優位性を保つことができる情報と地位を提示するつもりだ」

「…………地位、ですか？」

「おう。俺たちの目的は世界を救うってやつでな。その過程で地位と土地が手に入るだろうから、それを丸ごとランバット一族に譲渡《じょうと》しようじゃないか」

「その……具体的にどのようなものでしょう？」

「アルテインっていう国と皇帝《こうてい》の座だ」

「……………………はい？」

「ああ、そもそも外界には今もアルテインっていう現存人類の国があってだな」

「いえ、その説明を求めたわけではありません」

渋面《じゅうめん》を作りながら手を振るクルシュに対して、レイドは笑いながら言葉を返す。

「ちょっと世界を救うために行動する上で邪魔《じゃま》だから、その前段階として徹底的《てっていてき》に潰《つぶ》しておく予定があってな。だけど国を丸ごと潰すのはもったいないから、皇帝の座を挿《す》げ替《か》えてランバットに新たな皇帝となってもらうって話だ」

「……老人をからかっている、というわけではありませんよね？」

「当然だ。他の誰でもない、かつて『魔王』に友人として認められた一族の人間だからこそ、俺は新たな帝国の統治者に相応しいと考えて提案している」

それは目的を果たすためだけではなく、本心からの言葉だ。

かつて『魔王』エルリア・カルドウェンは魔法による幸福な世界を望んだ。

そして、自身の理想を託すに相応しいとしてミリス・ランバットを友人として認めた。

それならば――その願いを叶えてやりたい。

人が、国が、時代が悪かったというだけで、然《しか》るべき人間が魔法を手にすれば理想は実現できたのだということを示してやりたい。

エルリア・カルドウェンという少女が最初に抱いた理想は間違っていなかったと。

「実際、俺たちがいる第二世界では魔法は正しい形で使われている。その道中で多少は望まれない使われ方もしただろうが、最終的には『魔王』が望んだ理想の世界に極《きわ》めて近い状況を実現できた成功例とも言っていい」

「ですが……『楽園』を手放した時点で、何も持たない我々に他の人々が付いてくるはずもありません。それは『楽園』においても同様で、皆《みな》がランバットを長《おさ》として置くことに同意しているのは我々が特別な眼と『魔王』様から与えられた知識や技術を持つからです」

ランバット一族の優位性は『楽園』という限られた地でしか意味を持たず、それらを手放して他者から国と地位を与えられたところで民は付き従わない。

そんな人間に国を治めることなど叶うはずがなく、むしろ何も力を持たないランバット一族から皇位を簒奪《さんだつ》して、自身が皇帝の座を手にしようと考えるのが自然だろう。

そして、その問題にレイドたちが介入《かいにゅう》することもできない。

仮に諸々《もろもろ》の問題に対してレイドたちが武力で対処を行い、抑止力《よくしりょく》となって内紛《ないふん》や簒奪を防いだとしても、それが永遠に続くことはない。

人間の身である以上、レイドたちの命は有限で寿命がある。

レイドたちが生きている間はランバットの人間に従うだろうが、抑止力として存在していたレイドたちが逝去《せいきょ》した後に簒奪が起きるだけで、どちらにせよ結果は変わらない。

それならば、『楽園』に代わる新たな優位性を提供してやればいい。

「条件を呑《の》んだ場合、俺たちはランバットに『世界樹』の情報を提供する」

「…………『世界樹』？」

「汚染魔力の排除と浄化を目的に組まれた魔法群だ。汚染魔力の問題を解決しても、魔力脈の活性化と調整を定期的に行わないと以前と同じ状態には戻らないそうでな。それを行うのが『世界樹』の役割で――その管理と維持を長期に亘《わた》って行える人間が不可欠になる」

そこまで語ったところで、クルシュも意図を察したのか静かに頷いた。

「……その『世界樹』を再びランバットが管理するということですか」

「そういうことだ。『世界樹』の魔法構造は複雑かつ緻密な構成になっていて、製作者以外が完全に理解して管理をすることは不可能に近い。だがランバットの血筋に発現するっていう『解理眼』に加えて、製作者から直々に情報提供を受ければ難しくはない」

一度壊《こわ》れてしまった世界を正常な状態に戻して今後も維持していくためには、長期間に亘って『世界樹』を管理して保全を行っていく必要がある。

そのためには製作者と同等の魔法知識と技術を求められるわけだが……その基準となるのは未来で『魔王《まおう》』と呼ばれ、現在は『賢者《けんじゃ》』と呼ばれている唯一無二の天才だ。

その境地に単独で辿《たど》り着ける者は、おそらく今後二度とは現れない。

だからこそ本来の想定では複数の部門を設けて、各部門が担当する部分の知識と技術を専門的に学ばせた後、『世界樹』の核心《かくしん》部分に関連する知識をミリス・ランバットの子孫に伝えることで『楽園』の住民たちに盤石《ばんじゃく》な立場を与えるという手筈《てはず》だった。

だが……ランバットの血統だけに現れる『解理眼』という特異体質によって、『世界樹』の管理を単独で担《にな》えるのであれば――その製作者と同じく唯一無二の存在、救済後の世界において必要不可欠な存在へと変わる。

「俺たちの第二世界では、東方大陸のレグネアで大国主と呼ばれる君主が国家の象徴《しょうちょう》として君臨していて、君主制ではなく議会制を採用して国政を執り行っている。その理由は地域特有の信仰《しんこう》や環境《かんきょう》もあるが……ランバットも同じような形で確立できると考えている」

レグネアの場合は『獣憑《けものつ》き』に対する信仰や呪術《じゅじゅつ》への適性、不老長寿《ふろうちょうじゅ》による神秘性、荒神《こうじん》を連れてきたといったエピソードなど、様々な要因によってミフルは国の象徴として祀《まつ》り上げられて大国主に至った。

人の上に立つ者には、それに相応しい経歴やエピソードが求められる。

特殊《とくしゅ》な出自や能力を持っていた、武力によって国を救った、過去に功績を残した偉人《いじん》の血筋だった……そういった『自分の上に立つ納得できる理由』を民衆は求める。

それらに『楽園』の出身というランバットの出自も当てはまり、一族が持っている特異体質がレイドやエルリアのような強大な力を持つ形でないことも適している。

「ランバットの『解理眼』が俺やエルリアと同じように武力に特化した強大な力なら新たな軋轢も生まれただろうが、俺たちの見立てではそこまでの影響力《えいきょうりょく》はない。そういった強大な力ってのは様々な物事を捻《ね》じ曲げることに繋がるからな」

当人が清廉潔白《せいれんけっぱく》な思想を持っていても、子孫が正しく思想を受け継ぐとは限らない。

それこそ——アルテインという国も当初の思想は違《ちが》っていた。

アルテインという国の成り立ちは、周辺にある小国を統一して一つの大国に変えて、東部地域で頻発《ひんぱつ》していた小国同士の紛争《ふんそう》や国境問題を解消するのが目的だった。

だが……アルテインは東方から流れ着いた技術を研究して発展させ、他国を凌《しの》ぐ軍事力を得て国土を拡大していき、大陸最大の帝国になったことで当初の思想は失われて、戦争によって国を保つという正反対の思想に捻じ曲がった。

そして力を持つ当人が善人として思想と姿勢を貫いたとしても、周囲の人間が強大な力を恐れて意見や諫言《かんげん》をできず独裁に近い環境へと変わっていく。

しかし単純な力ではなく、今回のように『唯一無二の役目』という場合は話が変わる。

「その役目を担う者がいなければ世界は成り立たないが、そいつが無力であるのなら野心を抱《いだ》いたとしても周囲が抑止《よくし》できる。要は表向き丁重《ていちょう》に扱《あつか》うけど、調子に乗りすぎた時には最悪の場合ブン殴って止められるって感じでな」

「……だからこそ、我々は能力面や経歴も含めて、新たな国を率いる人間としても適任であるということですか」

「そういうことだ。国政や統治に必要な知識を持つ人材の提供、国が軌道《きどう》に乗るまでの補佐と護衛、世界と国情を改善していくための進行計画表も準備してある。決して思いつきの話や荒唐無稽《こうとうむけい》な話じゃない現実的な計画を準備してある」

「そうですね……我々が故郷を捨て、常に政争や権力争いに巻き込まれ、二度と今までと同じ生活を送れなくなることを考慮しなければ素晴《すば》らしい計画でしょう」

「そうだな。『楽園』を捨てて新たな世界で生きるってことは、二度と同じような生活は送れないと考えていい。だから俺も選択肢の提示という形に留《とど》めた」

全てが終わった後に新たな皇帝として国を治める立場になれば、今までのような長閑《のどか》で平穏《へいおん》な生活を送ることはできなくなる。

それも自分たちだけでなく、後の子孫たちにも重責を負わせることになる。

その決断はあまりにも大きくて重いものだ。

「今すぐ答えを出す必要はない。少なくとも俺たちが『楽園』にいるって情報は相手も完全に掴《つか》んではいないだろうし、別案もあるから準備を整える時間をもらえれば――」

「いいえ、お待ちいただく時間は不要ですよ」

そう告げてから、クルシュは口元に笑《え》みを浮かべながら頷く。

「やはり歳《とし》を取ると、代《か》わり映《ば》えのない日々の中で多くの物事を考えるようになります。我々は本当に魔王様との盟約を果たせているのか、ただ何もせず生きているだけではないのか、人として本当に正しい生き方なのか……そういった疑問が長い年月の中で蓄積《ちくせき》した結果として、『楽園』を出ようとする者たちも現れ始めたのでしょう」

碧眼《へきがん》に僅《わず》かな悲哀《ひあい》を浮かべながらクルシュは言う。

それは『楽園』の管理者として過ごしてきたのも関係しているのだろう。

今までに好奇心《こうきしん》や生き方に疑問を抱いた住民が『楽園』の外に出た時、管理者はその住民たちの末路を知り、時に最期を目にすることもあったはずだ。

そういった者たちを長として止められなかった無力感や、自身も『楽園』や住民の在り方に疑念を抱いたことが幾度《いくど》となくあったことだろう。

「かつて魔王様は先祖であるミリス・ランバットを友人と認め、荒廃《こうはい》した世界の中で生きることができるように『楽園』を与えてくれました。つまり……ランバットの血族が未来《みらい》永劫《えいごう》生き続けることこそ魔王様の望みであり、このまま変化を嫌って『楽園』に留まることで遠い未来に滅ぶことは望まないであろうと私は考えております」

顔を上げ、自分たちの未来を見据えるように真《ま》っ直《す》ぐレイドを見つめる。

「再度計画の全容を聞かせていただこうとは思いますが、我々は『楽園』の権利を譲渡《じょうと》する方向で協力させていただきます。ですが、その前に一つだけ訊《き》かせていただけますか」

「おう、今さら隠《かく》すようなこともないから何でも答えるぞ」

「それでは……自分たちとは無関係の世界を救い、その過程で得られる国などの成果さえも放棄《ほうき》するのであれば、あなた方は何を望まれて行動されているのでしょうか？」

「まぁ、エルリアについては別世界の自分が引き起こしたことの責任を取るって考えもあるだろうが……俺個人の考えとしては単純で分かりやすい理由だよ」

『魔王』が世界に対して施した魔法と、その結末に気づいた時にレイドは考えた。

もしも世界を救う方法が他に無ければどうなるのか。

汚染魔力を始めとして諸々の魔法が『エルリア・カルドウェン』の死でしか解消できないとしたら、世界を救うという自分たちの結末はどうなるのか。

第一世界の人間たちと自分の命を天秤《てんびん》に掛けた時、エルリア・カルドウェンという少女はどのような選択《せんたく》をするのか。

それも第一世界の現状は別世界の自分が引き起こしたと知った上で、自分一人ではなく見知らぬ大勢の他人を見捨てるという選択ができるか。

それが無理だとレイドは深く理解している。

他者のために魔法を生み出した心優《こころやさ》しい少女が、自分の命でしか世界を救うことができないと知れば躊躇《ためら》うことなく命を捧《ささ》げるだろう。

そんな選択をレイドは望まない。

そんな結末は誰《だれ》もが望んでいない。

レイドの望みは一つだけだ。

「大事な嫁《よめ》が笑って過ごせるようにする。だから世界を救うってだけだ」

それ以外に今のレイドは何も望まない。

エルリアと共に過ごす未来を捨てる可能性が僅かでも存在しているのなら、その選択肢を破り捨てて新たな選択肢を作り出すために全力を尽《つ》くして行動すると決めた。

「世界が滅びそうって時に俺たちだけ平和に過ごしていたら、エルリアはそのことを気にしながら日々を過ごすことになる。それで落ち込んでいる嫁の姿は見たくないし、だったらさっさと世界を平和にして仲良くジジイとババアになるまで過ごしたいってもんだろ？」

「あらあら、確かに単純明快な理由ですねぇ……。今後多忙《たぼう》になる私たちに代わって、二人でのんびりと田舎《いなか》で余生でも過ごされますか？」

「そりゃいいな。それこそ『楽園』なら申し分ないが――自分たちのためじゃなく、世界を救うために必要だから使いたかったってのが理由なんでな」

そう答えてから、レイドは表情を改める。

「この『楽園』は外界に対して定期的に情報を発信しているそうだが……実際は外界から

の通信も受信しているんだろ？」

「おや……なぜお気づきになられたのですか？」

「そりゃ気づくさ。さっきアルテインの説明をしようとした時に『必要ない』って答えたってことは、まだアルテインという国が残っていると知っているわけだからな」

千年という長い年月もあれば、国家の勃興《ぼっこう》や滅亡も定期的に起こる。

それこそヴェガルタといった諸国がアルテインに吸収されたように、既《すで》にアルテインが滅亡して新たな国家が生まれていても不思議ではない。

その上で『説明は不要』と答えたということは、少なくともクルシュは何らかの形で外界の情報を入手できていたということだ。

「受信できているってことは送信先も特定しているはずだ。さすがに旧時代の機器だから本国のある東部大陸までは無理だろうから、範囲は中央大陸にある前哨《ぜんしょう》基地あたりか？」

「……仰る通りです。もっとも我々から連絡を取ることはできないので、受信した情報だけを記録して発信の際には関連性のない言葉を流しておりましたが」

「まぁ連絡が取れて意思疎通《そつう》が図《はか》れるって分かったら、どうにかして『楽園』に取り入ろうとして、安全が確約された土地を奪い取るために無駄な犠牲が出ただろうしな」

道中の『落とし子』たちだけでなく、『楽園の』周囲に巨人たちがいる時点でレイドたち以外に辿り着くのは不可能だ。

下手に接触《せっしょく》を取り、人類が『楽園』への侵攻を強行していれば人類の滅亡が加速して既に滅んでいた可能性すらある。そういった観点からも、ランバット一族の理解力や感覚は常人よりも確実に上と言えるだろう。

だが、既に『楽園』を放棄すると決めたのであれば何も問題はない。

「とりあえず諸々の説明やら準備を済ませた後、通信機を使って中央大陸にある前哨基地に対して『楽園』から発信を行う予定だ」

「承知しました。その発信内容とはどのようなものでしょうか？」

クルシュの問い掛けに対して、レイドは笑みを浮《う》かべてから──

「──帝国《ていこく》アルテインに対して、俺たちが宣戦布告を行う」

四章

なぜ自分は何をやっても上手《うま》くいかないのか。

そう考えて思《おも》い悩《なや》むことが多々あった。

既に老齢となった今でも、そのような記《き》憶《おく》ばかりが目を閉じれば浮かんでくる。

本来ならばあり得ないことだ。

自分は誰よりも優秀《ゆうしゅう》な人間だった。

厳格な父親の言葉に対して忠実に従い、その機嫌《きげん》を損《そこ》ねないように物事をこなし、父親の姿や振る舞《ま》いを見て学んで完全に再現できるようにした。

なぜ自分が父親の姿を見て育ったか。

それは自分の父こそが――アルテイン帝国十六代皇帝であったからだ。

エトルリア中央大陸、その東部を支配下に収めた偉大《いだい》な帝国。

その頂点に君臨していたのが皇帝である自分の父であった。

父はまさしく大国の君主に相応しい皇帝だった。

自分こそが全ての人間の上に立つ存在だと立ち振る舞いで示した。

自分以外の人間は全てが等しく下民であり、自分の意に沿わない人間や反心を抱いた者たちは容赦《ようしゃ》なく処刑《しょけい》して粛清した。

自分の思うままに行動し、『皇帝』と呼ばれるに相応しい生活を送っていた。

だから自分も父親と同じように行動した。

幼い頃《ころ》から見て育った父のように、『皇帝』として正しく在り続けたと思っている。

だというのに、自分は何をやっても上手くいかなかった。

父の時は何もかも上手くいっていたのに、自分が皇帝の座に就《つ》いた途端《とたん》に全ての物事が失敗するようになった。

そして——今回も以前と同様に失敗してしまった。

「——以上が中央大陸の現状報告となります、ヴィティオス様」

そう自身の名を呼ばれ、ヴィティオスは手を組みながら鷹揚《おうよう》に頷《うなず》く。

「ああ……承知した。何度聞いても嘆《なげ》かわしい惨状《さんじょう》ではあるがな」

「仰る通りでございます。いまだに『魔王』の脅威は衰《おとろ》えず、我らが栄華《えいが》を極めた中央大陸も北東部を残して汚染魔力に侵蝕《しんしょく》されています。新たな『英雄《えいゆう》』が生まれたことで、徐々《じょじょ》に領土を拡大しつつありますが……それも全体で見れば微々《びび》たる成果でございます」

この会議室に人目が無ければ、おそらく頭を抱《かか》えていたことだろう。

こちらの時代の人間の話によると……ヴィティオス・アルテインという人間は二千年前に最も国土を拡大し、アルテイン帝国が大陸全土を手中に収める足掛《あしが》かりを作り、その流れと勢いのままに主要大陸であるエトルリア中央大陸の国々を統一した。

だが……それはヴィティオスが知る歴史とは違っている。

結局、アルテインは魔法技術を得たヴェガルタを侵略《しんりゃく》することは叶わなかった。

それどころかアルテインの前線部隊が反乱を起こし、ヴェガルタ側の魔法士部隊と合流した結果、アルテインは瞬《また》く間《ま》に侵攻されて帝都《ていと》は呆気《あっけ》ないほどに陥落《かんらく》した。

それを寸前のところで逃《に》げおおせたというのに——

(……その逃げた先も滅びかけているとは、本当に運が無いとしか言いようがない)

事前にこの時代の人間とは接触していた。

忌々《いまいま》しい『賢者』……エルリア・カルドウェンを殺すために未来からやってきたと。

そして実際にエルリア・カルドウェンは死んだ。

その時ほど心が晴れた瞬間《しゅんかん》はない。

ヴェガルタへの侵攻が果たせなかったのは『賢者』が生み出した魔法という技術と、絶大な単独戦力でもあった『賢者』の存在が大きかった。

そのせいでアルテインの領土拡大計画は全くと言っていいほど進まなかった。

五十年間……自身が在位していたほぼ全ての期間、本当に何一つとして進まなかった。

いくつかの小国や内紛などは収めたが、ヴェガルタより先の大陸西部には一切侵攻《いっさいしんこう》できずに足踏《あしぶ》みしていた状況《じょうきょう》が続き、ようやく悩みの種が解消されたのだから当時の自分は踊《おど》り出しそうなほど喜んだことを覚えている。

それでようやく状況が進むかと思いきや、反乱によってアルテインが滅ぼされたのだ。

本当に何もかも上手くいかない。

こちらには『賢者』に負けるとも劣《おと》らない単独最強の化け物がいたというのに、そいつは皇帝である自分の言葉に対して全て渋面を返し、貧しい寒村の生まれという卑賤《ひせん》な立場でありながら小賢《こざか》しい浅知恵《あさぢえ》を持っていて皇命さえも捻じ曲げることがあった。

本来ならば大罪人と呼んで然《しか》るべき存在だと言うのに、確実な戦果と功績だけは持っていて一部の臣民などからは妙《みょう》に人望を持ち、反逆者として処刑してしまえばヴェガルタの『賢者』に対抗《たいこう》する戦力を失うので粛清することもできない。

だから役職を外して更迭《こうてつ》したというのに、それ以上に無能な奴らのせいで僅かに広げていた領土すらヴェガルタに奪われる失態を犯《おか》し、断腸の思いで気に食わない化け物を戻《もど》す以外に領土を守れなかった。

その二人がいなければ、自分は史実通り偉大な皇帝として語《かた》り継《つ》がれていたはずだ。

だから自分は何も悪くない。

運が悪かった、時代が悪かった、人が悪かった、環境が悪かった——

どれだけ自分が優《すぐ》れていようとも、他の要因が自分の足を引っ張って失敗に導いてくるのだから自分に非や責任は一切ない。

そして時を超《こ》えて移動し、邪魔者《じゃまもの》二人がいない第一世界に来たというのに——

「それで……第二世界に発《た》った英雄ディアンからの報告はあったか？」

「……いえ、いまだに帰還《きかん》報告は届いておりません。定時連絡《れんらく》が途絶《とだ》えて久しいことから見ても、おそらく作戦に失敗して全員死亡した可能性が高いかと思われます」

「やはり自決用の魔法を与えておいたのは正しかったようだ。我らが『英雄』の一人であるディアンを失ったのは大きいが、相手に捕虜《ほりょ》や寝返《ねがえ》りの余地を与えなかったことで最小限の被害《ひがい》に留めることができたと言えるだろう」

「仰《おっしゃ》る通りです、ヴィティオス様。英雄ディアンを始めとした多くの者たちが命を散らしたとしても、それが後のアルテインの繁栄《はんえい》に繋《つな》がることでしょう」

第一世界が滅亡に向かっていたことから、ヴィティオスは現在の世界を捨てて第二世界をアルテインの手中に収めるという計画を立案した。

第一世界において偉大な皇帝として語り継がれる自分に対して、第一世界の人間たちは自分の言葉に従い、今目の前にいる前皇帝は歓喜《かんき》で涙《なみだ》を流しながら自分に対して救いを求めたことから、第二世界への侵略はすぐさま決行される運びとなった。

その第一段階で先遣隊《せんけんたい》を派遣《はけん》した際、気になる報告が上がってきた。

本来なら存在しない時代にエルリア・カルドウェンがいる、と。

それに加えて正体不明の強大な力を持つ男が共にいる、と。

聡明《そうめい》である自分は即座《そくざ》に気づくことができた。

あの憎《にく》き二人が何らかの方法で再び蘇《よみがえ》ったのだと。

その詳細《しょうさい》は分からずとも、魔法を生み出した『賢者』と人智《じんち》を超えた力を持つ『英雄』であるならば理解が及《およ》ばない現象だろうと起こせる。

それをヴィティオスは五十年間も目《ま》の当たりにしてきた。

報告を聞いて計画に一抹《いちまつ》の不安を覚えたが……たかが二人に怖気《おじけ》づいて計画を中断したとなれば、皇帝としての威厳《いげん》を損なうことになるので強行した。

その結果として戦力である『英雄』の一人を失ったが……ディアンもあの男と同じように反抗心《はんこうしん》が垣間《かいま》見《み》えていたため、今後の不安要素を他人に処理させたと考えれば決して悪くない結果だと言えるだろう。

そもそもディアンが作戦を遂行《すいこう》できていれば何も問題は無かった。

任務を果たせなかったのはディアンの失態であり責任なのだから、その失敗を自分が気に病《や》むことはない。ただディアンが想定よりも無能だったというだけの話だ。

まだ世界が滅亡《めつぼう》するまでの時間や猶予《ゆうよ》は残されている。

既に第二世界に関する情報収集も終えているため、ディアンだけでなくアルテインが保有する戦力の全てを投入して邪魔者を排除した後で第二世界を掌握《しょうあく》すればいい。

だから次は万全《ばんぜん》に準備と戦力を整える。

なにせ、こちらの世界には自分を邪魔する者たちはいないのだから――

「――会議中に失礼致《いた》します、陛下ッッ!!」

そう思案していた時、血相を変えた人間が会議室に飛び込《こ》んできた。

「無礼者ッ！　私だけでなくヴィティオス様の御前《ごぜん》で――」

「如何《いか》なる処分も甘《あま》んじてお受け致しますッ！　しかし……此度《こたび》の件はアルテインの存亡に関わる重要な情報だと判断して、急ぎ御報告《ごほうこく》に参った次第《しだい》ですッ!!」

息を整えてから、兵士は声を震《ふる》わせてから内容を告げる。

「先ほどエトルリア中央大陸に敷設《ふせつ》されていた我《わ》が軍の前哨基地から通信が入り……襲撃《しゅうげき》を受けて前哨基地と部隊が壊滅《かいめつ》とだけ伝え、後に通信が途絶えました」

「なにを馬鹿げたことを言っているッ！　前哨基地には我らが『英雄』の一人が配置されていたはずだろうッ!?　いくら『災厄《さいやく》』が脅威《きょうい》であろうと、全滅《ぜんめつ》するはずが――」

「襲撃は……『災厄』によって行われたのではありません」

今にも崩《くず》れ落ちそうなほど、兵士は足を震わせていた。

その名前を口に出すことすら躊躇うように口を噤《つぐ》んでいた。

しかし、やがて意を決したように顔を上げ――


「――襲撃者《しゅうげきしゃ》は、『魔王』エルリア・カルドウェンです」


その名を口にした。

直後、前皇帝が怒《いか》りで顔を紅潮させながら勢いよくテーブルを殴《なぐ》りつける。

「ふざけるなッ！　奴《やつ》はウォルスの甘言《かんげん》に踊らされた当時の英雄と共に過去へと転移し、今は分岐《ぶんき》した第二世界側に存在しているはずだッ!!」

「ですが……英雄アリエル様からの報告によれば襲撃者は『魔王』を名乗った銀髪《ぎんぱつ》の少女であり、その圧倒的《あっとうてき》な魔法《まほう》によって我が軍を屠《ほふ》ったと……そしてアリエル様の消息や生存報告も届いていないことから、信憑性《しんぴょうせい》のある情報だと考えられます」

本当に何も上手くいかない。

この場に他者の目が無ければ、前皇帝と同じようにテーブルを殴りつけていただろう。

なぜ第二世界にいる『賢者』エルリア・カルドウェンが第一世界に渡《わた》っているのか。

汚《お》染《せん》魔力《まりょく》や『災厄』たちが蔓延《はびこ》っている中央大陸の中で、どのようにして前哨基地の正確な場所を知り得て襲撃を行うことができたのか。

「そ、それと……アリエル様は最後の通信の際、『魔王』から受けた言葉を一言一句違《たが》わず本国に伝えるよう命じられたようで、そちらの言葉も預かっているのですが……僭越《せんえつ》ながら自分の立場では口にするのも憚《はばか》るような内容でして――」

「いいからさっさと言えッ‼　今さら『魔王』が何を伝えてきたと言うのだッ‼」

激昂《げきこう》する前皇帝に促《うなが》され、困惑《こんわく》しながらも兵士は口を開く。

「――『レイド・フリーデンが、今から間抜《まぬ》けな皇帝をブン殴りに行くぞ』と」

その名を耳にした瞬間、ヴィティオスはたまらずにテーブルを殴りつけた。

■

以前、同じ英雄であるディアンは言っていた。

「――本当にくだらねぇ作戦だ。どうでもいい奴らを生かすために、その何百倍もの人間や兵士を犠牲《ぎせい》にするなんて馬鹿げてやがる」

それはディアンが次元孔《こう》を用いて、第二世界に派遣される少し前に放った言葉だった。

ディアンは口や素行こそ悪かったが、その心根は真っ直ぐで清廉《せいれん》な人間だった。

誰かに聞かれでもしたら間違《まちが》いなく極刑《きょっけい》ものだが、出立前になって自分に愚痴《ぐち》をこぼしたくなるほどディアンにとって許しがたい内容だったのだろう。

だが、それ以外に具体的な解決策がないのも事実だった。

この第一世界は滅《ほろ》びゆく世界であり、『魔王』による侵蝕を受けていない第二世界に移住することができれば、現存人類は滅亡を免《まぬが》れることができる。

だから、そのために手を汚《よご》す必要があるのならば仕方ない。

どれだけの汚名《おめい》や罵声《ばせい》を浴びせられようとも、国や民を守るのが『英雄』と呼ばれる者の役目であると伝え聞いてきた。

それが『英雄』という存在だと初代英雄は語り、命を賭《と》して実験段階であった魔法を受け入れたことで『英雄』と呼ばれる存在に至ったと聞いている。

だから――今、自分はこの場にいることができている。

「――アリエル様、お時間です」

ノックと共に呼びかけられたことで、アリエルは閉じていた目を静かに開いた。

「ああ……すまない、トリクス。少し休息を取っていた」

「これは大変失礼しました。ですが……調査のために一人で周辺にいる『落とし子』たちの処理や『災厄』の撃退《げきたい》などを行っていたのですから、休息は十全に取ってください」

軍服の女性……トリクスが申し訳なさそうに目を伏《ふ》せる。

現存人類の戦力で『落とし子』を倒《たお》すことは可能だが、『災厄』と対峙《たいじ》することができるのは『英雄』と呼ばれる者たちだけだ。

特に『災厄』については徘徊《はいかい》している個体数こそ少ないが、『英雄』としての力を持っていても討伐《とうばつ》には至らず撃退することしか叶《かな》わない。

そうして少しずつ処理を行っても、しばらくすれば『落とし子』たちが再び現れるようになり、やがて『災厄』が本国のある東部大陸に向けて侵攻《しんこう》を再開する。

そんなイタチごっこを前線に身を置いて繰《く》り返し続けてきたのだから、少しくらい無理をしたところで大きく疲労《ひろう》することもない。

それよりも――今は優先しなければならない事柄《ことがら》がある。

「それで、調査結果についてはどうだった？」

「以前に観測された強大な魔力《まりょく》反応は大陸南東部であり、そのあたりは『楽園』が存在する影響《えいきょう》から『災厄』や『落とし子』が数多く徘徊しているため、現地に上陸して調査することは叶いませんでしたが……気になる痕跡《こんせき》については発見しました」

「……………痕跡？」

「付近の海中にて『災厄』の死骸《しがい》が発見されたことです」

「まさか……ディアンが帰還したということか⁉」

「観測された魔力反応が次元孔を利用した転移である可能性はありますが……作戦が成功したという報告を本国は受けておりません。帰還していたとしても作戦は失敗して撤退《てったい》を余儀《よぎ》なくされたか、不慮《ふりょ》の事故で前哨基地や本国に帰投することができず、止《や》む無《な》く大陸の南東部に上陸した状況であれば……おそらく既に全滅している頃合《ころあ》いでしょう」

「……………そうか」

友人と呼べるほど親しい間柄《あいだがら》だったかと言われたら怪《あや》しいが、『英雄』に選ばれた者同士ということで多少の仲間意識は抱いていたし、少なくとも思考や思想については共感できる部分もあり、生意気な言動や態度を取る人間ではあったが素直《すなお》な性根《しょうね》の部分などを持っていたのでアリエルとしては気に入っていた。

だからこそ――失うには惜《お》しい人物だったと心から思う。

新たな英雄を生み出す一助を買ったヴィティオスからは嫌厭《けんえん》されていたが、少なくとも部下や民を想《おも》いやる心根は『英雄』と呼ぶに相応《ふさわ》しい人物だった。

そんな友人になりたかった人物の姿を思い浮かべながら、アリエルは小さく頷く。

「トリクス、今日の哨戒《しょうかい》任務は中止だと皆に伝えてくれ。本国から送られてきた嗜好品《しこうひん》なども解禁して、今日は英気を養うために騒《さわ》いでいいと伝えろ」

「承知しました。そのように通達を行っておきますが――その前に、ちゃんとアリエル様が身だしなみを整えたのを確認《かくにん》してから出て行こうと思います」

トリクスが妙に威圧《いあつ》感のある笑みを向けてきたので、思わずアリエルは顔をしかめる。

「……だから休息していたと言っていただろう」

「下着と肌着《はだぎ》姿のままでですか」

椅子《いす》にこそ座《すわ》っていたが、今のアリエルは肌着しか身に着けていなかった。

哨戒任務を終えて帰投した後、シャワーを浴びて髪《かみ》を乾《かわ》かしたところまではよかったが、連日の疲労と緊張《きんちょう》が抜《ぬ》けたせいで、そのまま軽く目を閉じた時に意識が落ちたのだ。

ついでに鏡を見てみると、解かれた長い赤髪にはいくつも寝癖《ねぐせ》がついており、あらぬ方向に向かって跳《は》ねているような状態だった。

確かに部下には見せられないような姿ではあるだろう。

しかし、アリエルにも言い分はある。

「……別にいいじゃないか。ちゃんと鍵《かぎ》は掛《か》けていたんだから」

「だからと言ってパンツ丸出しで寝《ね》ないでください。英雄なんですから」

「ひ、久々にシャワーを浴びて気が抜けたんだから仕方ないだろうっ⁉」

「そんな姿を異性に見られたらどうするつもりだったんですか」

「別にどうにもならないだろう……いくら性別は女と言っても、単独で『災厄』と渡り合うことができる兵器みたいなものだ。お前は兵器に欲情するのか？」

「十三連砲塔《ほうとう》×電波探信儀みたいな話ならいけます」

「お前は何を言っているんだ⁉」

「失敬、そちらは純粋《じゅんすい》なアリエル様には早すぎる話だったかもしれません。ですが、ご自身の容姿や体型が整っていることを理解するべきだとは具申《ぐしん》させていただきます」

「さすがに私も不揃《ふぞろ》いな容姿と卑下《ひげ》するつもりはないが……そもそも私の役割は他の誰よりも前線に立って落とし子たちの血肉を浴びることだ。そんな女は誰だって嫌《いや》だろう」

「そういう匂《にお》いがたまらんと興奮する性癖《せいへき》の部下がおるやもしれません」

「今すぐ本国に叩《たた》き返してやるから連れて来いッ‼」

「そこはプライベートな領域なので控《ひか》えさせていただきましょう。とにかくアリエル様の顔立ちは整っていて、胸元《むなもと》を始めとした身体付きも女性的で同性としても羨《うらや》ましい限りといった感じなので、男性陣《だんせいじん》からの人気を考慮《こうりょ》すると刺激的《しげきてき》な格好は控えるべきです」

「…………そんなに私は人気があるのか？」

「ちょっと気にしているあたりが可愛《かわい》らしいですね」

「いや……私は二十半ばの小娘《こむすめ》だし、いくら『英雄』で階級も最も高いとはいえ、普段《ふだん》から偉《えら》そうに部下を叱責《しっせき》したりしているから煙《けむ》たがる人間が多いかもと思ってな」

「ご安心ください。所属兵全員がアリエル様のご褒美《ほうび》に満足していると回答しています」

「ご褒美という言葉はどこから出てきたッ⁉」

「ついでに言えば我が部隊にいる男性兵の九割はアリエル様を目当てに志願して所属しておりますので、嫌《きら》うどころかアリエル様への忠誠度は最大値を超えて限界突破《とっぱ》してます」

「冗談《じょうだん》とは分かっているが、それ以上聞くと怖《こわ》くなってくるのでやめておこう……」

そうアリエルは溜息《ためいき》を返すが、トリクスが普段通り冗談を言ってくれたおかげで、だいぶ目が冴《さ》えて調子が戻ってきた。

「とにかく、哨戒の中止と嗜好品などの伝達は頼《たの》んだぞ。今日ばかりは魔力洗浄《まりょくせんじょう》しても酷《ひど》い味がする『落とし子』の肉を食べるのは御免《ごめん》だからな」

「アリエル様がズボンを穿《は》かれたら速《すみ》やかに実行します」

「穿くからっ！　今ちゃんと穿くからっ!!　お前は私の母親かっ!!」

トリクスに催促《さいそく》され、アリエルが洗濯《せんたく》された軍服を引っ張り出して広げていると――

「アリエル様」

「ズボンなら今穿いてるからなっ!?」

「そうではありません。たった今哨兵《しょうへい》と観測兵から通信が入り、異常事態が発生しているとの報告を受けました」

「異常事態？　もう新しい『落とし子』か『災厄』が現れたのか？」

「いえ……そうではありません」

表情を改めてから、トリクスは報告内容を見て眉根《まゆね》を寄せる。

「観測していた魔力反応が消えているとのことです」

「…………消えている？」

「はい。アリエル様が哨戒を行った範囲外《はんいがい》……そこから南下した方角にて観測されていた『落とし子』並びに『災厄』の反応が消失し続けているとのことです」

「消失し続けているということは――」

「我が前哨基地へと向かうように反応が消えているということです」

トリクスの言葉を聞き終えたところで、アリエルは手早く身支度《みじたく》を済ませて部屋を飛び出るようにして外に向かった。

「――――ッ!!」

そのまま一息で真上に跳躍《ちょうやく》し、上空から異常の発生源を確認する。

一見、視界の先には何もないように見えた。

遠くに山脈が広がっているだけで、何も異常が起こっていないように見えた。

だが、しばらくしてから異常の一つを察した。

「……………冷気？」

山脈から吹《ふ》き下ろされる風に乗ってくる空気。

それが――異様なほどに冷たく、凍《こご》えそうなほどの冷気を帯びている。

身体の芯《しん》どころか、骨の髄《ずい》まで冷えそうだと錯覚《さっかく》するほどの冷気。

その時点で、既に『落とし子』や『災厄』といった外敵の可能性は消えていた。

『災厄』などは物理的な攻撃《こうげき》手段しか持たない。

逆に言えば、それだけで十分と言えるほどの強靭《きょうじん》な肉体や巨体《きょたい》を持っているということだが……少なくとも、それ以外の行動を取る『災厄』など聞いたことがない。

そして、『災厄』は同士《どうし》討《う》ちなど起こさない。

知性や知能を持たない『落とし子』たちの間で共食いが行われたことがあるといった研究結果は見たことがあるものの、『災厄』は一定以上の知性と知能を有しており、状況や環境《かんきょう》に応じて進路を変更《へんこう》したり、劣勢《れっせい》だと判断した場合には撤退行動さえも取る。

だから、『落とし子』だけでなく『災厄』の反応も消えているという時点で、それは正体不明の別の外敵ということになる。

南部に上陸した可能性のあるディアンたちが向かっているということも頭の片隅《かたすみ》で考慮したが、いくら『英雄』が強大な戦力とはいえ『災厄』を消失させるのは不可能、もしくは多大な時間と労力を有することになる。

少なくとも、この短時間で『災厄』が複数体も消えるなどあり得ない。

つまり、こちらに向かっている外敵はそれ以上の強さであり――――

そこでようやく、目に見える形で異常が起こった。

「――――ッ⁉」

眼前に広がっている山脈。

その山脈が――突如《とつじょ》として生まれた蒼氷によって包まれた。

まるで氷の絨毯《じゅうたん》を広げるように広大な山脈が蒼氷に侵蝕されていき、雲間から降り注ぐ僅かな陽光を浴びて場違《ばち》いとしか思えないほどの美しい輝《かがや》きを放っている。

本来ならあり得ない、そんな眼前の光景を実現する方法をアリエルは知っている。

『魔法』

かつて『魔王《まおう》』が生み出し、人類と敵対する存在が作った技術でありながらも、現在まで手放すことができなかった技術。

だが、目の前で行われたのはアリエルの知る『魔法』とは言えない。

こんな大規模で広範囲《こうはんい》に行使される魔法など聞いたことがない。

そんな馬鹿げたことが行える存在は一人しかいない。

その考えに思い至った時、アリエルの碧眼が山脈の上空に浮かぶ人影《ひとかげ》を捉《とら》えた。

蒼氷が反射する光に照らされて輝く銀髪。

魂《たましい》さえも凍えさせる蒼氷よりも冷たい、深い海のような色を湛《たた》えた瞳《ひとみ》。

その容姿は今も連綿と人類の間で語り継がれている。

世界に終焉《しゅうえん》をもたらす者として、その凶名《きょうめい》が人類の魂に刻まれている――

「――『魔王』」

その名を呟《つぶや》いた直後、アリエルの意識は完全に途絶えた。

◆

エルリア・カルドウェンの趣味《しゅみ》は読書である。

これはもうエルリアが自信を持って言えるものであり、魔法関連の書籍《しょせき》や論文だけに留《とど》まらず、歴史書、学術書、伝記、辞典といったものから、冒険譚《ぼうけんたん》や恋愛《れんあい》小説といった娯楽《ごらく》書に至るまで、どのような分野でも楽しく読むことができる。怪談話も怖いけど読む。


そして次に自信を持っては言えないが、エルリアとしては昼寝《ひるね》も趣味の範疇《はんちゅう》だ。

エルリアの中で昼寝は非常に奥深《おくぶか》いものであり、寝室《しんしつ》のベッドで行う昼寝は安心安全で頭を空っぽにして寝るのが心地《ここち》よく、外の木陰《こかげ》で陽光の暖かさと風を受けて自然を感じながら寝るのも心地よく、暑い日には浮き輪《わ》で浮かびながら手足を浸《つ》けて寝るのが心地よく、硬《かた》い岩の上でうつ伏《ぶ》せになって岩が過ごしてきた年月と眺《なが》めてきた光景を想像しながら夢の世界に旅立つのが心地よく、不意に訪《おとず》れた眠気《ねむけ》に抗《あらが》わず受け入れるのも心地よい。

端的《たんてき》に言えば、『お昼寝は気持ちいい』という話である。

環境によって満足度や方向性が違《ちが》うのでエルリアは奥深いと考えているが、人によっては生理現象や生命活動の一環《いっかん》でしかないと捉える者もいるので、趣味と言えるかは賛否があるだろうと自身も納得《なっとく》している。

そして、エルリアの中で三番目に趣味と言えるものがある。

それは――『お散歩』である。

周囲の者たちには何よりも読書が好きというイメージが先行していたことや、集中すると外に出なくなって室内に篭《こ》もるので知らない者も多かったが、それに反してエルリアは外に出て散歩をすることが多かった。

エルリア自身、身体を動かすのは嫌いじゃない。

エルフとして森で過ごしていた時には身体を動かす機会が多かったし、魔法の汎用性《はんようせい》や実践《じっせん》してみた結果を得る手段として、ヴェガルタで兵士として志願する程度には体力などにも自信があった。

そして身体を動かすという行為《こうい》には血流の活性化によって様々な効能があり、考え事をする際に知識と動作、そこに風景や見聞きした内容を連動させることによって、知識を記憶の一つとして深く定着させることにも繋がる。

つまり、お散歩は頭と身体にとても良いのである。

だからこそ――

「――久々にいっぱい歩けた」

エルリアは徒歩で汚染《おせん》された大陸を北上していた。

久々にのんびりとした運動をしたので、少しだけご機嫌な気分だった。

もちろん作戦行動中ということで速度も大事なので、散歩というには不釣《ふつ》り合いな補助魔法を加えていたり、真《ま》っ直《す》ぐ進めるように空中を歩いたりもしたが、自分の足で歩く動作が大事ということで細かいことは気にしないでおくことにした。

当然、徒歩で移動していれば『災厄』や『落とし子』の標的となるが――

「……後で、戻した方がいいかレイドに聞かないと」

少しだけ眉《まゆ》を下げてから、エルリアは振《ふ》り返る。

そこには――氷の大地が広がっていた。

見渡《みわた》す限りの蒼《あお》い世界。

全てが等しく蒼色に染め上げられた光景。

その世界の中で動く者はいない。

蒼氷に囚《とら》われて、全ての存在が時を止めたように制止した世界。

その道程にいた『災厄』や『落とし子』たちも、今は氷に囚われ動きを止めている。

「最初に見た時は嫌な魔力だと思ったし、普通《ふつう》の生物や人間にとっては猛毒《もうどく》に近いかもしれないけど……ちゃんと中まで見れば、全ての魔力質が混ざり合った魔法に特化した魔力だと言える。これを生み出した第一世界のわたしは天才かもしれない」

若干《じゃっかん》の自画自賛を踏《ふ》まえつつ、エルリアはふんふんと満足げに頷く。

この氷の大地はエルリアが魔法を使ったのではなく……大陸に充満《じゅうまん》している汚染魔力を利用して引き起こした『現象』だ。

エルリアが六種の魔力系統を『色』で表したのは、魔力によって創り出される魔法という存在を『絵画』に見立てたからだ。

魔力を絵の具のように混ぜ合わせても、それは絵の具でしかない。

絵の具を混ぜ合わせて色を作る、混ぜる量を調節して色の種類を増やす、完全に混ぜるのではなく半端《はんぱ》に混ぜて多様性を持たせる、そうして作り上げた色をキャンバスに載せて、使用する色の配置を考えて、色の調和を考慮して、色同士を重ね合わせて……そうして数多くの工程を経ることで完成形である『絵画』となる。

その絵画が『魔法』ということだ。

それが絵の具そのものであったり、適当に混ぜ合わせた絵の具であったりしても、キャンバスにぶちまけてしまえば絵と言えるので魔法として機能するが、その完成度によって魔法の強度や質量が変わってくる。『加重乗算展開』も同じ理屈《りくつ》だ。

そして調査の結果……汚染魔力とは『既《すで》に混ざり合っている魔力』だと理解した。

言わば魔法に変わる寸前の魔力であり、その魔力が生物や物質が持つ元々の魔力と混ざり合うことで、均衡《きんこう》が崩れて様々な性質に変化して『災厄』や『落とし子』といった異形に変貌《へんぼう》するのだと考えた。

そこでエルリアは考えた。

既に容器から絵皿に出した絵の具を戻すことはできない。

だから汚染魔力を消し去るというのは難しい。

しかし……混ざり合った魔力に新しく色を加えてやったり、特定の色だけを抽出《ちゅうしゅつ》することで色合いを変えたり強調したりすれば、性質を定めて利用できると考えた。

これは自身の魔力を使った魔法ではなく、ただ魔力を操作して元々あった魔力の性質を変えたという魔法理論にある『現象』でしかないということだ。

「あ……また、忘れないうちに壊《こわ》しておかないと」

凍結《とうけつ》している『災厄』に視線を合わせ、エルリアは指を打ち鳴らす。

その直後、氷像と化していた『災厄』の身体が氷塵《ひょうじん》を散らしながら崩壊《ほうかい》した。

この『災厄』たちも汚染魔力に満ちているため、一度凍《こお》らせて魔力を同調させてしまえば体内の隅々《すみずみ》まで完全に凍らせることができるため、ここまでの道中も大した労力を掛けることなく『災厄』たちを処理することができた。

この汚染魔力を創り出した『魔王』も同じことができたと考えると、世界中に汚染魔力が満ちた時点で世界を一瞬《いっしゅん》にして氷漬《づ》けにしたり、火の海に変えたりすることもできるのだから、汚染魔力に世界が満たされた時に世界が滅亡するというのも納得だ。

そんなことを考えながら、エルリアが散歩を再開して山脈を越《こ》えると――

「あ、見つけた」

上空から見下ろすと、視界の先に今までには見なかった人工物が確認できる。

レイドから前哨《ぜんしょう》基地の位置は聞いていたので迷わずに辿《たど》り着くことができた。

そして――そこに目的の『英雄』がいることも、クルシュたちが集めていた通信記録から確証が取れているので間違いないだろう。

しかし、ここで一つ問題がある。

「…………挨拶《あいさつ》の前に、間違いなく攻撃される」

へにょりと眉を歪《ゆが》めながらエルリアは思案する。

別に攻撃されることは問題ない。

向こうにとってエルリアは『魔王』であり、世界を滅亡に導く元凶《げんきょう》のようなものなので、それが目の前に現れたら迎撃《げいげき》するのが当然だろう。

そして、攻撃されたところで問題はない。

たとえ相手が『英雄』という強大な魔法を有した存在だろうと、全ての攻撃をいなした上で勝利することなど造作もない。

なにせ、こちらは五十年もの間、『本物の英雄』を相手にしてきたのだ。

レイド以外の相手に負けるつもりはないし、レイド以上の『英雄』は存在しない。

「――レイドより弱いなら、わたしの敵じゃない」

そう笑《え》みを浮《う》かべながらエルリアは呟く。

そもそも、この前哨基地に赴《おもむ》いたのは『英雄』を殺すためではない。

そこにいるアルテイン軍を屠り上げることでもない。

世界を救おうとしているのに、その世界に住む人間を無闇《むやみ》に殺すなど本末転倒《ほんまつてんとう》だ。

「ん……せっかくだし、汚染魔力を利用した魔法を試《ため》してみよう」

ふんふんと何度か頷いてから――エルリアは魔装具《まそうぐ》をくるりと回した。

自身の魔法と汚染魔力の性質を利用した合わせ技。

それで試してみたい技があった。

「たしか……こんな感じの型だった」

以前に見た姿勢を思い返しながら、エルリアは後方に向かって右足を引く。

その技を見たのは、かつてエルリアとレイドが争っていた時の時代だ。

アルテインとヴェガルタの国境付近に存在していた火山。

その火山が両軍の戦闘中《せんとう》に噴火《ふんか》したことで、本来ならば両軍に多大な被害が出て多くの犠牲者《ぎせいしゃ》たちが生まれるはずだった。

その噴火をレイドが止めたことによって、両軍に犠牲者はなく全員が無傷で生還《せいかん》できた。

しかも、その方法は『火山を力任せに踏み潰《つぶ》す』という意味不明なものだった。

そのあり得ない所行と圧倒的な力を目の当たりにしたことで、その光景を眺めていた人々は畏怖《いふ》を抱《いだ》きながらも、レイド・フリーデンを『英雄《えいゆう》』と呼んだ。

そして――その活躍《かつやく》はエルリアも眺めていた。

一息で跳躍し、火山の上空で放った常軌《じょうき》を逸《いっ》した『踏みつけ』。

それを目にした時にエルリアは思った。

『すごくカッコイイ』と。

原理は一切分からなかったが、そんなレイドを見て素直に感動したのを覚えている。

その光景を見たことで、エルリアは触発《しょくはつ》されて一つの魔法を創り上げた。

なんかこう、カッコイイ感じの魔法を創ってみたくなったのだ。

当時の光景を何度も頭の中で思い返して、自分もレイドのようなカッコイイ感じで魔法を放ってみたいと思った結果だった。

しかし……レイドと戦った五十年の間では一度も使わずに終わった。

その理由は単純なものだ。

ちょっぴりレイドの前で使うのは恥《は》ずかしいと思ってしまったのだ。

明らかに当時のレイドの影響を受け、それを意識して魔法を作ったのだろうと思われてしまいそうなほど酷似《こくじ》していたものだったからだ。

今では絶対にないと断言できるが、当時のエルリアはその魔法をレイドに見せることで模倣《もほう》したことを怒《おこ》られたり、嫌な気持ちにさせてしまったら悲しいと思ったのだ。

だが、あのカッコイイ感じは捨てがたい。

ついでに、ほんのりレイドとお揃《そろ》いっぽい感じにできるのも嬉《うれ》しい。

そんな想いが勝ったことで、エルリアは転生後に改良を加えていた。

まず力を一点に集約した威力《いりょく》重視のものではなく、力を拡散して魔法の効果範囲《はんい》を極限まで広げることに重きを置くことにした。

殺傷能力は極《きわ》めて下がるが、相手を無力化して完全拘束《こうそく》できる形に特化させた。

火山のイメージと対照的になるように、自分が好きな氷系統の属性に変えてみた。

踏みつけだと同じすぎるので、少しだけ女の子っぽさも加えてみた。

おまけで即興《そっきょう》だが、汚染魔力の性質を利用して効果を底上げしてみた。

そんな『英雄』を模倣し、『賢者《けんじゃ》』の流儀《りゅうぎ》を加えた一撃《いちげき》。


「――――《氷靴》」

流麗《りゅうれい》な動きと共に、引いていた右足を勢いよく振り抜き――
その瞬間《しゅんかん》――音が生まれる間もなく、視界の全てが蒼氷に包み込まれた。

視界の先にある前哨基地だけではない。

目的地までの道を作り上げるように、その行路が分厚い蒼氷によって覆《おお》われており、全ての存在が氷獄《ひょうごく》の檻《おり》に囚われて閉《と》じ込められている。

「ん、ちゃんとカッコイイ感じでやれた」

改良した成果を確認したところで、エルリアは満足げにふんふんと頷《うなず》いた。

汚染魔力を利用したことで想定以上の範囲と威力にはなったが、そもそも《氷靴》という魔法自体が非殺傷用の拘束目的で組まれたものだ。

だから、蒼氷に囚われた人々が死ぬことはない。

ちょっと寒いかもしれないが、話が終わるまでは我慢《がまん》してもらうことにしよう。

ということで――

「せっかくだから、お散歩しながら見つけよう」

のんびりとした足取りで、エルリアは氷上の散歩を再開するのだった。

■

本来、死の感覚とは誰《だれ》も理解できない。

その感覚を理解したところで、すぐに生命活動を停止して記憶《きおく》も何も残らないからだ。

それでも――アリエルは死の感覚というものを理解した。

『魔王』の存在を感知し、意識を失う直前に浴びた得体の知れない感覚。

本能が警鐘《けいしょう》を鳴らすほどに圧倒的な強者の存在感。

その直後に意識を失ったので、アリエルは間違いなく死んだと思っていた。

死んだはずだったのだが――

「…………あの」

「ん」

「…………私は何をされているんだ？」

「起きてくれないから、ほっぺたを引っ張ってた」

『魔王』らしき少女に頬《ほお》をふにふにと引っ張られていた。

「何か問題でも？」と言わんばかりに、純粋な目で頬をふにふにしていた。

まるで状況《じょうきょう》が理解できない。

意識が戻《もど》って、なぜ死んでいないのかと疑問を抱いて、身体の感覚があることを理解してから目を開けると、このような状況になっていた。

「確認したい。あなたが『英雄』のアリエル？」

「……どうして、それを確認しようとする」

「ディアンから、あなたの名前を聞いたから」

「なぜお前がディアンの名前をッ――」

そこで身体を動かそうとした時、アリエルはようやく自分の状況を理解した。

両手足を覆って捕《と》らえている蒼氷。

そしてアリエルだけではない。

見覚えのある前哨基地……その壁《かべ》が全て蒼氷によって覆われている。

「とりあえず起きてもらえたから、これで交渉《こうしょう》することができるようになった」

「…………交渉だと？」

「うん。あなたにお願いしたいことがあって話をしにきた」

「断る」

迷いすらなく、アリエルは即座《そくざ》に返答した。

「お前が『魔王』であるなら、我々アルテインだけでなく人類の敵だ。そんな相手の交渉を受け入れる余地は微塵《みじん》もない」

「……その選択《せんたく》で、この基地にいる人たちが全員死んだとしても？」

「死ぬ覚悟《かくご》さえない人間など我々の兵にはいない。もしも私だけでなく、基地にいる兵士を人質《ひとじち》にしようとでも考えていたのなら目論見《もくろみ》が外れたな」

「…………………」

アリエルの返答に対して、『魔王』は困ったように押《お》し黙《だま》っていた。

そして、大きく頷いてから口を開く。

「…………どうすればいい？」

「それを私に訊《き》かないでもらえるかッ⁉」

「だって……ディアンから聞いた話だと、『アリエルは言動やらは真面目で厳格そうだけど、なんか普通にアホっぽいから適当に丸《まる》め込《こ》める』って言ってたから……」

「あいつ私のことをそんな風に思っていたのか……」

「だけど、ちゃんと仲間想いの良い人だってディアンは言ってた。だから話くらいは聞いてもらえるかと思ったけど、拒否《きよひ》されてしまったから困っている」

「……人質を取られている状況で、会話も何もあったものじゃないだろう」

「それなら、今すぐ全員を解放したら話を聞いてくれる？」

「ハッ……正気か？　わざわざ人質を取っているという優位を捨てると？」

「うん。それで話を聞いてくれるなら構わないし――全員解放したところで、私に勝つことはできないと思うから」

その言葉は常人が抱く驕《おご》りや過信といったものではない。

現にアリエルだけでなく、哨戒基地の人間は『魔王』の手で一瞬にして壊滅《かいめつ》した。

それこそ反応することさえ許されず、『魔王』の話では死者はいないとのことだったが、全員を殺すこともできただろう。

「だから、話を聞いてくれるなら解放する。それを聞いた上でわたしたちの交渉を受けるか判断してもらって構わない」

「……承知した。そちらが人質を無傷で解放するのなら、こちらも話を聞き終わるまで危害を加えないことを約束しよう」

「ん、分かった」

こくんと小さく頷いてから、『魔王』が指を打ち鳴らすと――アリエルの手足を拘束していた蒼氷だけでなく、室内を覆っていた蒼氷も溶《と》けるように消えていく。

「……本当に解放するのか」

「だって約束してくれたから。それと身体が冷えただろうからミルクティーもあげる」

「ミルクティーもくれるのか……」

「だけど、わたし好みだから少しぬるい」

そう言って『魔王』は虚空《こくう》に手を差し入れ、ティーポットやカップなどを手早く用意して茶の準備を進める。本当に茶を飲むために来たような雰囲気《ふんいき》だ。

「アリエル様、御無事《ごぶじ》で――ッ⁉」

「トリクス、基地内にいる人間の安否確認を進めてくれ。現状については通達せず、本国への報告も保留して待機しておくように命じろ」

部屋に飛び込んできたトリクスが同室している『魔王』に一瞬視線を向けたが、アリエルの命令を聞いて「承知しました」と頭を下げてから部屋を出た。

「ん、配慮《はいりょ》に感謝する」

「半ば無条件で人質を解放したのだから、こちらも相応の礼儀《れいぎ》を尽《つ》くしたまでだ」

「それじゃ、ここからはミルクティーを飲みながらお話の時間」

「……まさか、毒や薬を入れてはいないだろうな？」

「警戒《けいかい》するのはとても良いことだと思う。だけど――わたしはあなたの父親とは違うから、薬や毒を使って魔力を抜き取るようなことはしない」

そう、咎《とが》めるような口調で『魔王』はアリエルの父親について言及《げんきゅう》した。

『英雄』と『魔王』が過去に跳《と》んだと判明した際、エルリア・カルドウェンが『魔王』へと至る前に殺害するという計画が立案された。

その任務を受けて過去に跳んだのは――アリエルの父親だった。

そうして部隊を率いてエルリア・カルドウェンを暗殺し、稀代《きたい》の皇帝《こうてい》であるヴィティオスに接触《せっしょく》して第一世界へと召喚《しょうかん》し、過去から持ち込んだ『英雄』の剣《けん》を解析《かいせき》することで新たな『英雄』を生み出すことに大きく貢献《こうけん》した。

そんな父の功績によって、アリエルは『英雄』の座を得ることができた。

それが——アリエルたちの家門の悲願であったからだ。

千年以上も前から『裏切り者』の汚名《おめい》と誹《そし》りを受けてきた家門。

その汚名は崩壊《ほうかい》する世界の最中《さなか》においても変わらず、自分たちの家門は肩身《かたみ》の狭《せま》い思いと共にアルテインの中で過ごしてきた。

しかし、その身を犠牲《ぎせい》にした父の功績によってアリエルは『英雄』として抜擢《ばってき》され、その魔法《まほう》に対して見事に適合し、千年近い時を経て家門はアルテインに認められた。

そのような不遇《ふぐう》を受けていたのは、かつてアリエルの家門がアルテインの敵国に属していた高名な家門だったからだ。


「それじゃ話をしよう——アリエル・ヴェルミナン」


かつて、ヴェガルタという国に仕えていた家門の名を『魔王』は口にした。

「わたしから提示する交渉は、アルテインという国を裏切ること。こちらが必要な情報の提供、それとわたしが指示した虚偽《きょぎ》の情報を本国に対して伝えてもらいたい」

「……その目的はなんだ」

「第一世界にあるアルテインを解体して、後の世で新体制に変えるため」

「なぜそんな回りくどいことをする。『魔王』が直接手を下すのであれば、人類が抵抗《ていこう》する間もなく滅《ほろ》ぼすこともできるはずだ」

「エルリアでいい。今のわたしは第一世界で『魔王』と呼ばれた人格と完全に同一とは言えないし、思考や思想についても以前とは違う。今のわたしたちは第一世界を救う目的で動いているから、可能な限り犠牲が出ない形で事を進めたいと望んでいる」

「ハッ……変わったとはいえ、自分が滅ぼそうとした人間を今度は救うと？」

「そう。それが『エルリア・カルドウェン』としての責務だと思ったから」

そう告げる目に嘘偽《うそいつわ》りといったものは見られない。

その目には一切《いっさい》の迷いがない。

自分たちならばできると、絶対の自信と共に言葉を口にしている。

それが他の者であったなら聞く耳さえ持たなかったが――

「……自分自身で創り出した魔法だからこそ、それが可能ということか？」

「そう。だけど今は情報が足りていない。そのために必要な情報収集等を行うには『魔王』を敵視しているアルテインを解体して、安全を確保した状況じゃないと難しい」

「どちらにせよ無理な話だ。武力で奪《うば》い取ろうと謀略《ぼうりゃく》で奪おうと、人類の仇敵《きゅうてき》である『魔王』に従って動く者は第一世界に誰一人《だれひとり》としていない」

第一世界の人間にとって『魔王』は国、故郷、人間……その全てを奪った文字通り人類の敵であり、いくら世界を救うという目的を持っていたとしても、人格や思考が変わったからといっても、その言葉に従う者は誰もいない。

「――だけど、それが『賢者』だったら話は変わる」

その称号《しょうごう》は『魔王』と同じように、第一世界に生きる者なら誰もが知っている。

『賢者』レイド・フリーデン。

過去に『賢者』と呼ばれた者が遺《のこ》した大量の知識と技術群によって、人類は大きく発展しただけでなく『魔王』が現れた後の世でも耐《た》え抜《ぬ》くことができた。

「わたしと一緒《いっしょ》にレイド・フリーデンも第一世界に来ている」

「……しかし、報告によれば第二世界のレイド・フリーデンは『賢者』ではなく『英雄』と呼ばれていて、そちらと同様に思考や人格も変わっているのではないか？」

「それでもエルリア・カルドウェンが『魔王』の意味を持つように、レイド・フリーデンの名が『賢者』を表すことには変わらない。その知識や考案した技術によって今の人類が生き長らえてきた以上、その名前は現状の人類において希望に繋《つな》がる」

その言葉通り、『レイド・フリーデン』が第一世界を救済するために赴いたと聞けば、今の人類にとって大きな希望となるだろう。

「たとえ人格や思考は変わっていても、同じ『レイド・フリーデン』だからこそ理解できる内容があるかもしれない。当時の言語、筆跡《ひっせき》などの癖《くせ》、感覚を他者よりも理解できる」

「……つまり、『賢者の遺稿《いこう》』を読み解けるということか」

「そう。第一世界のわたしは『賢者の遺稿』から魔法を創り上げた。だからそこにはわたしやレイドしか読み解けない情報が確実にある」

きっと、その言葉は正しいのだろう。

千年の時を経ても『賢者の遺稿』は一部しか読み解かれていない。

人手を割《さ》こうにも以前より人類の数は減少し、侵攻《しんこう》しつつある『災厄《さいやく》』や『落とし子』の対処のために多くの人間が兵役《へいえき》に投入されているのが状況だ。

その申し出は滅びの足音が近づいてくる中、唯一見出《ゆいいつみいだ》された希望にも近しい。

第二世界の『英雄』と『賢者』であれば、どのような結果であろうと状況を変えることはできるだろうと期待を抱くには十分だ。

それをアリエルも頭では理解はしている。

だが――

「それでも……私はアルテインという国を裏切ることはできない」

「それは、あなたの祖先がヴェガルタを裏切ったという負い目があるから？」

「それもディアンから聞いたということか」

「うん。第一世界でヴェガルタは抵抗していたけど——最終的にはヴェルミナン家が裏でアルテインと取引を行って、侵攻の手引きをして滅んだって聞いた」

ヴェガルタは大陸西部で小国をまとめあげ、アルテインの侵略《しんりゃく》を耐え凌《しの》いでいたが、内部からの手引きによって瓦解《がかい》し、最後にはアルテインの手に落ちた。

その手引きを行ったのが——ヴェガルタという国に騎士《きし》としての忠誠を誓《ちか》い、国を守るべき立場にあったヴェルミナンという家門の人間だった。

そうしてヴェルミナン家は忠誠を誓った国と君主を裏切った。

君主の首を自らの手で討《う》ち取ることで、アルテインに対する恭順《きょうじゅん》を示した。

そして——ヴェガルタという国を裏切ったのは一度だけではない。

「私の父は過去に渡《わた》ったエルリア・カルドウェンの暗殺の命を受け、第二世界で『賢者』として生きていた貴女《あなた》を殺害した。それによってヴェガルタという国が再び亡国に変わるという可能性を分かっていながら、だ」

第一世界とは異なり、魔法という技術を手にしてアルテインに対抗《たいこう》することができていた祖国ではなく、新たに忠誠を誓ったアルテインの使命を優先した。

その後、第一世界にヴィティオスを連れて帰還《きかん》した父の言葉は今も印象に残っている。

『本当に我々が行ったことは正しかったのだろうか』、と。

裏切りによって祖国を滅ぼし、再び過去に戻りながらも祖国に仇《あだ》をなした。

そんな父の姿を見たからこそ、アリエルは『英雄』となった時に誓った。

「民を守り、国を守る『英雄』に選ばれた者として、二度と国を裏切るような真似《まね》はしない。それで『裏切り者』と呼ばれ続けたヴェルミナンの汚名をすすぐのが私の責務だ」

たとえ頭で理解していようとも受け入れることはできない。

それがアリエル・ヴェルミナンという人間の矜持《きょうじ》だと――

「――ん、そこはどうでもいい」

そう言いながら、エルリアはひらひらと手を振った。

「とりあえず裏切っておこう」

「い……や、いやいや待てッ⁉」

「三回目なら慣れたものだと思ってやっちゃおう」

「そんな雑で強引《ごういん》な方法で頷けと言うつもりかっ⁉」

「だって、アリエルが何を気にしているのか分からないから」

カップを手にしながら、エルリアはこくんと不思議そうに首を傾《かし》げていた。

「どうして、ヴェルミナンが裏切ったことに対して負い目を感じているの？」

「どうしてって……忠義を誓った祖国を裏切るなど、本来なら忌《い》むべき行為だからだ」

「ん、それなら裏切ったら百万人救えるけど、裏切らなかったら百万人が死にます。そんな状況でも裏切らずに忠義なんてものを優先するの？」

「それは暴論というものだろうッ⁉」

「暴論なんかじゃない。もしも最後まで抵抗していたら、相手は今後の反乱の芽を潰すためにヴェガルタの人間を根絶やしにしたかもしれない。それが周辺諸国に対する見せしめになるし、ヴェルミナン家が忠義を守っていたら余計な命が失われていたかもしれない」

どこまでも淡々《たんたん》と、エルリアは自論を語りながらスプーンを動かす。

「だから、別に気にしなくていいと思う。国が滅ぶという最悪の中でも、最善の選択をしたって前向きに考えるのが良い。だって私利私欲のために裏切ったわけじゃないから」

「なぜ……ヴェルミナンの裏切りに私欲がなかったと断言できる」

「わたしの知っているヴェルミナン家の人間がそうだから。ただ私利私欲のために動くだけの人間なら――傷だらけになってまで、仲間のことを助けようとはしない」

そう、どこか懐《なつ》かしそうに笑いながらエルリアは語る。

なぜ、その話を聞いて思い出したのかは分からない。

それはヴェガルタが滅んでアルテインに吸収された後……『裏切り者』とヴェガルタの民たちから誹りを受け、アルテインの者たちからは嘲笑《ちょうしょう》の対象となっていた時の当主が遺した手記によるものだ。

『子孫たちには申し訳なく思う。この選択をした父はヴェガルタの民の怒《いか》りを鎮《しず》めるために自らの首を差し出したが、それでも我々ヴェルミナンに対する負の感情は払拭《ふっしょく》されることはなく未来永劫《みらいえいごう》と続くだろう。しかし、私はその選択が間違《まち》がっていたとは思わない』

最も多くの非難と嘲笑を受けながらも、当時のヴェルミナン当主はアルテインの庇護《ひご》を利用して、国を失ったヴェガルタの民だけでなく周辺諸国への支援《しえん》のために尽力《じんりょく》し、当主は貴族とは思えないほど質素でみすぼらしい生活を送ったと聞いている。

『騎士とは敵の血で自らの手を汚《よご》してでも民を守るのが役目だ。それが「裏切り者」として泥《どろ》を被《かぶ》って悪言を受けるだけで果たせたのだから、ヴェルミナンの騎士として恥ずべきことは何一つとしてない。その呼び名すら誇《ほこ》らしいと考えて私は家門の志を貫《つらぬ》こう』

そんな――『ファレグ・ヴェルミナン』という当主が祖先にいたことを思い出した。

「だから、あんまり気にしなくていいと思う」

「ハッ……ずいぶんと軽く言ってくれるものだな」

「だって裏切られる方も悪い。裏切られる状況に陥《おちい》るまで正しく状況を判断できなかったのも悪いし、本来なら裏切られないように対策や根回しをするべきなのに何もしていないってことだし、耐え凌ぐだけじゃ無理だっていうことに気づいて早々に別案を出すか事前に想定して実行できる人員を用意しておくのが――」

「自国の失態に対する苦言が重すぎるッッ!!」

どこまでも淡々とエルリアは第一世界のヴェガルタについて苦言を呈《てい》していた。実際に第二世界のヴェガルタは魔法技術を抜きにしても繁栄《はんえい》していたという話だったので、何か色々と思うところがあったのかもしれない。

「あと、わたしを殺したことについても結果的に良かったから不問でいい」

「そこすらも軽く済ませるのか……」

「そうじゃなくても、そこはわたしが油断したのが悪いの一言に尽きる。それで転生した後には常に解毒《げどく》と異常を検知できるような魔法を作るきっかけになったし、自分の教えた子たちが遺志を継《つ》いで国を正しく導いてくれたことも確認《かくにん》できたから満足度も高め」

「頼《たの》む、それは絶対に私の父に伝えないでくれ。苦悩《くのう》しながらエルリア・カルドウェンの命を奪ったのに、その結果に満足していると聞いたら余計に頭を抱《かか》えてしまう」

そこで初めて笑みを浮かべてから、アリエルは息を吐《つ》きながら天井《てんじょう》を見つめる。

「まったく……どうせ裏切るのであれば、私もディアンについて行けば良かった」

「ん、どうして？」

「主戦力である『英雄』の二人でヴィティオスの命令に背《そむ》いて、素直《すなお》に第二世界側の貴女らに協力を申し出れば良かったと思ってな。そうすればディアンやその部下たちが無為《むい》に命を散らすこともなかっただろうと――」

「うん。だからディアンたちは向こうでのんびり過ごしてる」

「そうのんびりと過ごして――え？」

「そういえば、アリエルに会ったら渡せってディアンから預かってたものがあった」

そう言いながら、エルリアが虚空の中から小さな板を取り出した。

「わたしは機械については詳《くわ》しくないから、とりあえず渡しておく」

「これは……記憶媒体《きおくばいたい》か。こちらだと汚染魔力《おせんまりょく》の影響《えいきょう》で魔具が正常に機能しないこともあるから、それを見越《みこ》して機械による映像記録を託《たく》したということか」

ディアンの意図を理解し、机の上に置かれていた機械に差し込んで中身を確認する。

そこに映っていたのは――

『ようアリエル。お前のところにこの映像記録を持った奴《やつ》が行くだろうから、そいつの言葉には素直に従っておけ。少なくとも悪いような結果にはならな――』

『閣下ァーッ!!　今の釣果《ちょうか》で私は閣下の記録を超《こ》しましたぞッ!!』

『ああッ⁉　おいブラッキオ、少し用があるから待てって言っただろうがッ!!』

『すみませんッ!!　しかしバージェスとヴィクトルも手を止めていなかったのでッ!!』

『てめぇら一昨日《おととい》の海釣《うみづ》りで俺《おれ》に負けたからって必死すぎるだろうがッ!!　ずっとボウズで竿《さお》垂らしてるだけのレンディのことも考えてやれよッ!!』

『お待ちくださいッ！　今レンディの竿が初めて動きを見せておりますッ!!　これを逃《のが》したら立ち直れなさそうなので、閣下のお力添《ちからぞ》えで激励《げきれい》してやってくださいッ!!』

『ああクソ面倒《めんど》くせぇ……アリエル、とりあえずそういうことだから素直に従えよ。いつもみたいに忠義忠義とか犬みたいに吠《ほ》えたら次会った時には赤ワンコって呼ぶからな』

　そんな楽しそうに部下たちと釣《つ》りをするディアンの姿が記録されていた。

　そこで映像が切れたところで、アリエルは再び天井を仰《あお》ぐ。

「もう……なんか全部どうでも良くなってきた……っ」

「ミルクティーでも飲んで落ち着くといい」

「うん……ありがとう……」

　そうエルリアに差し出されたカップを受け取り、すっかり冷めてしまったミルクティーを一息で飲み干してからアリエルは笑みと共に遠くを見つめる。

「さて、それじゃ裏切るとしよう」

「決心がついたようで何より」

「それで私は何をすればいいんだ。本国の戦力や配置の状況か？　重鎮《じゅうちん》たちが普段《ふだん》行動している場所か？　他にも知っていることは何でも喋《しゃべ》るぞ？」

「ものすごく思い切りよく裏切ってくれそうな感じになってしまった」

あまりにも態度が変わったせいか、エルリアの方が若干不安そうにしていた。

しかし、アリエルが決心したのはディアンから送られてきた映像を見たからだ。

こちらで接していた時のディアンは……国に仕えることや『英雄』の在り方に疑念を抱き、その狭間《はざま》で苦悩し、それに抗《あらが》うために荒《すさ》んでいるような印象があった。

そんな彼《かれ》が部下と対等に接し、活気に満ちた目で過ごすことができているということが全ての答えであると思った。

「とりあえず、戦局に必要な情報は全部欲《ほ》しい。その後で――前哨基地が『魔王《まおう》』によって全滅《ぜんめつ》したことを伝えて、わたしが伝えた通りの言葉を本国に伝えて欲しい」

「それなら容易《たやす》いだろう。むしろそれだけで構わないのか？」

「うん。それだけ伝えたら、後はレイドたちが何とかするって言ってた」

そう深い信頼《しんらい》と共にレイド・フリーデンの名を口にしてから――

「――ちゃんと自分の手で、やり残したことを片付けたいからって」

□

その名を耳にした瞬間、ヴィティオスは感情を抑《おさ》えることができなかった。

「レイド、フリーデン……ッ!!」

常にヴィティオスと反目するように立ち回っていた男。

口調や態度こそ慇懃《いんぎん》でありながらも、その目は常に侮蔑《ぶべつ》に近い感情が宿っていた。

その目を一度も忘れたことはない。

皇帝である自分に対して、決して向けられてはならない眼。

「レイド・フリーデン……まさか、あの伝説の『賢者』――がッ⁉」

「あの卑賤《ひせん》な生まれの下民を『賢者』などと呼ぶなァッ!!」

治まらぬ怒りのままに、ヴィティオスは錫杖《しゃくじょう》で前皇帝を殴《なぐ》りつける。

まともな食糧《しょくりょう》すら与《あた》えられない寒村で、兵士か奴隷《どれい》になるしかなかった卑賤な生まれの分際で、あの男は周囲から分不相応なほど評価を受けていた。

ただの化け物として敵を殺しているだけでよかったのに、人間の真似事《まねごと》をして他者を助けるような行動をして、同じ下賤《げせん》な生まれの兵士たちから『英雄』と持て囃《はや》された。

戦うだけしか能がないと思っていたのに、小賢《こざか》しい知恵《ちえ》で寒村の状況を改善したことで、成り上がりや歴史の浅い地方貴族たちを味方につけ、その繋がりから一部の上位貴族さえも味方につけていた。

そのせいでヴィティオスが画期的かつ聡明《そうめい》な国政を行おうとも、あの男が難色を示したというだけで他者さえも余計な疑念を抱いて反発することさえあった。

だから、そういった者たちを粛清《しゅくせい》した。

あの男に加担した貴族たちを要職から罷免《ひめん》し、それでも反抗《はんこう》する者たちは処刑《しょけい》し、当事者だけでなく関与《かんよ》した者や管理していた領地の者たちも処刑しようとした。

だが、それさえも叶《かな》わなかった。

あの男は秘密裏《ひみつり》に当事者たちを逃《に》がし、偽装《ぎそう》を施《ほどこ》した後に処刑の対象となった者たちを前線に送り込んで、建前だけの戦《いくさ》を起こして捕虜《ほりょ》という形で国外に亡命を促《うなが》していた。

そうしてあの男は自身の戦果を示し続けることで、再び評価する愚《おろ》かな貴族たちが現れて後《うし》ろ盾《だて》となり、粛清さえも無意味になった。

それでヴィティオスに残されたのは――『暴君』という不名誉《ふめいよ》な称号だった。

本来なら自分が賢帝《けんてい》として君臨するはずだったというのに、あの男のせいで自分は不名誉な評価を受けることになってしまった。

だから反逆が起こり、第二世界のアルテインは滅んでしまった。

自分は何も悪くないというのに、あの男のせいで不当に貶《おとし》められてしまった。

だから第一世界に訪《おとず》れた時、自身が正しく評価されていることに歓喜《かんき》した。

偉大《いだい》なアルテインの皇帝に対して、誰もが頭を下げて従うことに感銘《かんめい》を覚えた。

これが本来在るべき姿だったのだ。

あの男がいなければ、自分こそが頂点に立つ存在だった。

だが――第一世界ですら、あの男の存在があった。

「賢者……何が賢者だ。私の知るレイド・フリーデンという男は卑小《ひしょう》で下賤な生まれでしかなく、『賢者』などと褒《ほ》め称《たた》えられるべき存在ではないッ!!」

「も、申し訳、ありませんッ……!!」

前皇帝の襟首《えりくび》を掴《つか》み、力任せに突《つ》き飛ばしたところで怒りが徐々《じょじょ》に治まっていく。

「おそらく第二世界でディアンたちが自害する前に僅《わず》かではあるが情報を奪われる事態に陥り、その際に『魔王』や『賢者』の名を聞いて愚かにも騙《かた》ろうと考えたのだろう。その程度の下賤な者であれば対処など容易だ」

「し、しかし……実際に『英雄』の一人であるアリエル・ヴェルミナンとの連絡《れんらく》が途絶《とだ》えていることから、間違いなく『魔王』に匹敵《ひってき》する脅威《きょうい》ではないかと思われます」

「ハッ……あのヴェルミナンとかいう家門は第一世界で『裏切り者』として呼ばれながらも、生き長らえるためなら生き恥《はじ》すら晒《さら》してきた者たちだろう。そのような愚かな血筋の人間であるならば、先も見据《みす》えず甘言《かんげん》に惑《まど》わされて裏切ったとしても不思議ではない」

「なるほど……それに『英雄』は『災厄』にすら対抗できる戦力だと聞き及《およ》んでおります。仮に討ち取れたとしても被害《ひがい》は甚大《じんだい》であり、味方に引き入れたとしても――」

「『英雄』という魔法に組み込まれた機構によって、アルテイン皇帝の言葉には絶対服従という制約がある以上、我々に仇《あだ》なすことはできないということだ。いっそ我々の懐《ふところ》に潜《もぐ》り込ませた後、味方に引き込んだと思っていたアリエルに背後から刺《さ》させれば良い」

「ハッハッハッ！　それは『裏切り者』の名に相応《ふさわ》しいですなあ！　その語り継がれてきた役割を全《まっと》うできるなら英雄アリエルも本望《ほんもう》でしょう！」

前皇帝が高笑いを浮《う》かべる中、ヴィティオスも口元に笑《え》みを浮かべる。

確かにレイド・フリーデンとエルリア・カルドウェンは脅威ではあるだろう。

しかし、こちらにも『英雄』と呼ばれる者たちがいる――

「――父上ッ！　ヴィティオス陛下ッ!!」

怒鳴《どな》るような大音声《だいおんじょう》と共に、会議室の扉《とびら》がノックもなく開け放たれる。

しかし先ほどの兵士と違《ちが》って、その行いを咎めるようなことはない。

それが許される相応の立場を持つ人間だ。

「おおッ……ヴァルトス、わざわざ我々の下《もと》まで参じたのかッ!!」

「当然でありましょうッ!!　アルテインという帝国《ていこく》と帝都《ていと》を守護するのが『英雄《えいゆう》』の役目であり……皇族である我自身が威光《いこう》を示すべきなのですからッ!!」

そう――大剣《たいけん》を肩《かた》に担《かつ》ぎながら、ヴァルトスは歯を見せて高らかに笑う。

新たに『英雄』を作り出す際、その魔法が適合する条件があることを知った。

兵士の中から適合したのはディアンだけで、『魔王』の暗殺とヴィティオスを連れ帰った功績という情けからヴェルミナンの子女に適合試験を受けさせ、それに見事適合したことで二人の『英雄』が生み出されることになった。

しかし……その二人だけでは、以前のような失態に繋がる。

『英雄』となった者たちが反旗を翻《ひるがえ》せば、皇族の地位だけでなくアルテインという国すらも容易に崩《くず》れることが目に見えている。

だからこそ――三人目の『英雄』を皇族の中から選ぶ必要があった。

その方法を思いついた時には、自身の智慧《ちえ》を賞賛したく思ったほどだ。

そして、あの男の力の根源であっただろう大剣をヴァルトスに与えることで、アルテイン皇族の地位は決して揺《ゆ》らぐことのない盤石《ばんじゃく》なものへと変えることができた。

あの男のように下賤な生まれではない、聡明かつ賢帝の器《うつわ》であったアルテイン皇族の血を受け継ぐ者であれば、何者にも敗北することはない。

「ああ……よく来てくれた、ヴァルトス。私の亡《な》き後に皇位を継ぐ者として、この事態に先んじて動き出すとは素晴《すば》らしいものだ」

「お褒めに与《あずか》り光栄です、ヴィティオス陛下ッ！　その御言葉《おことば》に報《むく》いるためにも、我自身の手で先ほど帝都に攻《せ》め入ってきた不埒《ふらち》な輩《やから》を排除《はいじょ》し、必ずや『英雄』の力とアルテイン皇族の威光を示して見せましょうッ!!」

「……攻め入ってきた不埒な輩だと？」

「そうですともッ！　今は帝都に配備された全兵力で迎撃《げいげき》に当たっておりますが、やはり卑賤である故《ゆえ》に力を持たない兵卒たちでは侵攻を抑えることができなかったようで、この我《われ》が直接出向くために出陣《しゅつじん》の挨拶《あいさつ》に参ったというわけですッ!!」

「ふむ、そんな報告は来ていないが……」

「ハッ！　我が出れば収束する程度の些事《さじ》であるため、父上と陛下の会談を邪魔《じゃま》する必要はないと考えて伝令は不要だと伝えておきましたッ!!」

「おお……確かにその通りだな。『英雄』の力を宿した我が息子《むすこ》であれば、如何《いか》なる相手であろうとも屠《ほふ》り上げることができるだろうて」

「ええ、必ずや襲撃者《しゅうげきしゃ》たちの首を父上と陛下の前に並べてみせましょうッ！」

二人がそんな会話を交《か》わす中、ヴィティオスは得体の知れない不安を感じていた。

本国がある東部大陸と、前哨《ぜんしょう》基地がある中央大陸の北東部では大きな距離《きょり》がある。

前哨基地にいるアリエルを討ち取るか抱《だ》きかかえたのだとしても、ここに辿《たど》り着くまでには時間が掛《か》かるはずであり、その後の状況を見て自身の安全を確保する算段だった。

だが、もしも自分の考えをあの男が読んでいるのなら。

その行動を予測して動いているのなら——

「……今すぐ魔具《まぐ》を使って帝都の様子を映し出せ」

「御心配《ごしんぱい》には及びません。そちらはヴァルトスが今から鎮圧《ちんあつ》に赴《おもむ》いて——」

「いいから映し出せと言っているッ!!」

「しょ、承知しました……帝都の衛兵に配備している監視《かんし》用の魔具がありますので、前線の兵士の視界を使って戦況《せんきょう》を映し出させていただきます」

察しの悪い愚鈍《ぐどん》な前皇帝を怒鳴りつけると、慌《あわ》てた様子で魔具の準備を進める。

先ほど伝令が口にした、あの男が口にしそうな腹立たしい言葉。

『レイド・フリーデンが、今から間抜《まぬ》けな皇帝をブン殴りに行くぞ』

それが本当に言葉通りの意味であるとするならば――

『――うああああああああああああああああああああッッ!!』

そうして魔具の準備を終えた直後、兵士と思《おぼ》しき者の絶叫《ぜつきよう》が響《ひび》き渡った。

『なんで……どうして、どこからこんな量の人間が湧《わ》いて出てきたんだッ!?』

『こんなの人間じゃねぇッ!! 殺しても死なない奴なんて人間なんて呼べるかよッ!?』

『ひっ……また来るッ! 退避《たいひ》ッ、急いで退避しろおおおおおおおッッ!!』

そんな耳障《みみざわ》りな絶叫と言葉が周囲の兵士たちから飛び交っている。

そして――

『――おいおいおいおいッ!! 俺を見て人間扱《あつか》いしてくれるとはなァッ!!』

兵士たちの絶叫が大音声によって掻《か》き消された。

視界の先に見える、遠くからでも分かるほどの巨体《きよたい》。

その巨人《きよじん》が棍棒《こんぼう》を振《ふ》るう度に施設《しせつ》や兵士が配備されている建物が崩され、力強く地を踏《ふ》みつける度に石畳《いしだたみ》がめくれ上がり、その衝撃《しようげき》と振動《しんどう》で兵士たちが吹《ふ》き飛ばされていく。

『オラオラ死にたくねぇなら逃げやがれぇッ!! こっちは今の今まで狭いところにいたせいで、無駄《むだ》に力が有り余って仕方ねぇからなあッ!!』

ゲタゲタと咆哮《ほうこう》のような笑い声を上げ、周囲の建物が破壊《はかい》されることも厭《いと》わずに巨人が帝都の中を邁進《まいしん》していく。

その姿をヴィティオスはよく覚えている。

あの男が武功によって帝都へと帰還する際、自身が戻《もど》ってきたことを伝えるという名目で、処刑を免《まぬが》れた卑《いや》しい巨人の山賊《さんぞく》を目立つように先頭へと置いていた。

そんな巨人に続くようにして、あの男に従う卑賤な者たちは一糸乱れぬ行軍と共に帝都を練り歩き、アルテインの軍旗を掲《かか》げて自身こそが『英雄』であると誇示《こじ》した。

だが――掲げられている軍旗は以前と違っている。

「ああ……ああああああ……ッ⁉」

その軍旗をヴィティオスは忘れていない。

『英雄』と『賢者《けんじゃ》』の死後、アルテインの帝都を強襲《きょうしゅう》した者たちが掲げていた軍旗。

「なぜ……なぜ奴らまでこちらの世界にいるッ⁉　たとえ第二世界から奴らが来たとしても、あの男の部下たちは遥《はる》か昔に死に絶えているはずだろうッ⁉」

「お、落ち着いてくださいませ、ヴィティオス様――」

「落ち着け？　落ち着けと言ったかッ⁉　崇高《すうこう》なる皇帝の私に対して刃《やいば》を向け、玉座から追いやった逆賊《ぎゃくぞく》共を再び目にして落ち着けるものかッ‼」

そう激昂《げきこう》しながら、ヴィティオスが錫杖を握《にぎ》り締《し》めていた時――

『――へえ、その首元に付いてる魔具で自分の視界を他人に見せられるのか。それで自分や他人を監視させるってんだから、首輪みたいで憐《あわ》れなもんだな』

その声には聞き覚えがあった。

遠い昔……当時の記憶《きおく》が薄《うす》れつつある中でも鮮明《せんめい》に覚えている声と姿。

まだ皇帝だった父が存命で、ヴィティオスが皇子だった頃《ころ》だ。

年若い傭兵《ようへい》でありながら戦地で最も多くの武功を立てた者として帝都に招かれ、『化け物』と呼ばれていたことを皇帝であった父が気に入り、皇帝直々に言葉を掛けながら正式にアルテイン軍の兵士へと登用された少年がいた。

その様子をヴィティオスは隣《となり》で眺《なが》めているだけだった。

父は自分に対して叱責《しっせき》と罵倒《ばとう》と暴力しか振るわなかったが、その少年には上機嫌《じょうきげん》に笑いながら言葉を掛けていたことを今でも覚えている。

『見聞きしているかどうかは分からないが、すぐに向かうから待っておけ』

思えば、その時からヴィティオスは嫉妬《しっと》していたのだろう。

自身の血を分けた息子のことを無能と罵《ののし》っていた父が、卑賤な生まれの化け物に対して笑い掛ける姿が許せなかったのだろう。

だからこそ——

『——アルテインの『英雄』として、最後にお前の首を刎《は》ねてやる』

皇帝であった父と自分の姿を重ねて、レイド・フリーデンを見下したかったのだろう。

◇

近くにいた兵士の胸倉《むなぐら》を放してから、レイドは静かに立ち上がった。

「これで用件は終わりだ。殺すつもりはないから他の兵士と一緒にどこかへ行け」

怯《おび》えた表情と共に頷《うなず》いてから、兵士はおぼつかない足取りで立ち去っていった。

その様子を見届けてから、レイドは隣を歩くライアットに向かって声を掛ける。

「状況《じょうきょう》はどうだ」

「所定の位置から行動を開始した各連隊は既《すで》に状況を終了《しゅうりょう》させて兵士を拘束《こうそく》、降伏《こうふく》の意思を確認して市民と共に避《ひ》難誘導《なんゆうどう》を行った後に監視を行っております。先行した斥候《せっこう》部隊も同様に皇城にいた兵士たちを拘束して監禁《かんきん》を完了《かんりょう》しました」

「ああ、分かった。それで二代目がぶ飲み娘《むすめ》の方は大丈夫《だいじょうぶ》そうか？」

そう言ってレイドが振り返ると——

「がーんばれっ！　はいっ！　リズムに合わせてグイグイグーイっ♪」

「待ってティアナ様……本当に待ってもう無理だからぁぁぁ……っ」

ティアナに手拍子《てびょうし》されながら、アルマが魔力《まりょく》活性薬を流《なが》し込《こ》んでいた。

「うふふっ、子孫が自分と同じことをしている姿が見られるとは感慨《かんがい》深《ぶか》いですねー」

「うぷっ……もうしんどい……これ以上は飲めない……」

「でもでもでもぉー？　御《ご》先祖《せんぞ》さまから渡されたー、お薬まだまだ残ってるーっ♪」

「なんで王族なのに酒場の客みたいなノリで煽《あお》ってくるのよっ⁉」

「え？　これは当時のエルリア様がやっていた掛け声ですよ？」

「ああ、なんか楽しげに手拍子するエルリアちゃんの姿が思い浮かぶ……ッ」

「はいエルリア様の姿が浮かんだらー？　ご褒美《ほうび》グイグイいけちゃいまーすっ♪」

それはもうティアナが満面の笑みを浮かべながら、アルマの前にぽんぽんと薬瓶《びん》を並べていた。おそらくティアナも魔法訓練の時に同じような感じで飲まされていたのだろう。

普段ならここまで多くの人数を顕現《けんげん》することはないが、今回は防護機構や警報といった設備の破壊工作、並びに帝都内にいる敵兵の無力化を迅速《じんそく》に行う必要があった。

今回の行動で死者を出すわけにはいかない。

たとえ世界を救うという大義名分があろうとも、その過程で他者を殺《あや》めればレイドたちへの反感や反発から今後の計画や活動に支障が出る。

だからこそエルリアを単身で前哨基地に向かわせて、『英雄』としてアルテイン側の軍備に精通しているアリエルを引き入れて情報源を得る必要があった。

既に熟達した作戦行動を取れる《英賢《えいけん》の旅団》の面々を用いれば、必要な情報さえ把握《はあく》しておけば都市規模の制圧は迅速に行うことができる。

たとえ第一世界のアルテインが兵装等に優《すぐ》れていたとしても、いきなり旅団規模の人間が現れて奇襲《きしゅう》を受ければ統率《とうそつ》は乱れて連携《れんけい》を取る間もなく瓦解する。

しかも襲撃者が不死身……魔力で顕現した存在だという情報が無く、向こうからは際限なく現れるように映るのだから戦意を維持《いじ》することさえ難しい。

そのために必要な大量の人員を確保するために二代目魔力がぶ飲み高燃費娘が爆誕《ばくたん》したわけだが、そちらは必要な犠牲だったということで目を瞑《つぶ》ることにしよう。

「ティアナ嬢《じょう》ちゃん、それ以上は無駄になるから飲ませなくていいぞ」

「あら……顕現させている人数から消費魔力を逆算すると、維持できるのは二十分前後といったところですが構わないということですか？」

「それ以上の時間が必要だと思うか？」

「いえ、私の知るアルテインの『英雄』ならば不要でしょうね」

「そういうことだ。それに――俺は果たせなかった責務を終わらせるだけだからな」

そう苦笑《くしょう》してから、レイドは哄笑《こうしょう》と共に猛進《もうしん》する巨人に向かって言葉を掛ける。

「おいブロフェルド、暴れ足りないなら俺のことをブン殴っていいぞ」

「ああッ!?　つまり殺す気で良いってことだよなァッ!?」

「毎回そう言って一度も死んでないけどな」

「ダァーハッハッハァッ!!　てめぇがチビのくせに強すぎるからだけどなァッ!!」

大音声と共に、ブロフェルドは眼下のレイドに向かって力任せに棍棒を振り抜き――

その衝撃に合わせて、レイドは勢いよく空中を跳《と》んだ。

帝都の中央に位置する皇城を見据えてから、レイドは眼下の帝都を一望する。

レイドの記憶にある帝都とは細部こそ異なっているが、その造りや様式については大きく変わらないように見える。

だが……その光景が余計に複雑な感情を抱かせる。

ここは本来ならレグネアの地だったはずだというのに、以前に見かけたことがある島国特有の文化や特徴《とくちょう》といった光景は一切《いっさい》見られない。

人類が中央大陸から追い出され、そこに根付いたアルテインに侵蝕《しんしょく》され……レグネアに元から存在していた光景は消えてしまった。

元から存在していた文化や光景を蔑《ないがし》ろにして、ただアルテインが過去の栄光に縋《すが》りたいという想《おも》いだけで以前と代《か》わり映《ば》えのない城や帝都を作り上げた。

その指示を誰《だれ》が出したのかは想像に難《かた》くない。

アルテインという国に固執《こしつ》し続ける皇族しかいない。

それが容易に理解できてしまうからこそ……『魔王』の嘆《なげ》きについても共感してしまう。

そう簡単に人間というものは変わらない。

どれだけの時を経ても、今のアルテインのように同じことを繰《く》り返し続ける。

本当にくだらないということに気づかない。

どれだけ訴《うった》えようとも理解しない。

そして、それは今後も変わることがないだろう。

だからこそ――

「――自分の国が間違っていると思うなら、自分の手で決着をつけないとな」

誰にでもなく呟《つぶや》いてから、レイドは勢いのままに城の壁面《へきめん》を蹴《け》り破った。

破砕音《はさいおん》と土埃《つちぼこり》を浴びながら、体勢を崩すことなくレイドは静かに着地する。

「こうして、また会えるとは思ってなかったぜ——ヴィティオス・アルテイン」

衝撃によって床《ゆか》に投げ出された、老齢《ろうれい》の男に向かってレイドは呼びかける。

しかし、ヴィティオスは腰《こし》を抜《ぬ》かしたまま動かなかった。

眼前に現れたレイドの姿を見つめたまま、怒りでも恐怖《きょうふ》でもない表情を浮かべていた。

「レイド、フリーデン……ッ!!」

「ああ……お前の国の『英雄』だよ、皇帝陛下《こうていへいか》」

どこまでも淡々とした声音《こわね》で、レイドは静かに一歩を踏み出す。

「——貴様が、我らアルテインに仇なす敵かああああああああああああッッ!!」

瓦礫《がれき》から飛び出すように、大柄《おおがら》な男が大剣を手に飛び込んできた。

その男に見覚えはなかったが、手にしている大剣には見覚えがあった。

かつてレイドが戦場で振るい続けてきた大剣。

その膨大《ぼうだい》な力が宿った大剣は『アルテインの英雄』を象徴《しょうちょう》するものとして、『英雄』の力に適合した皇族ヴァルトスに継承《けいしょう》されたとアリエルは語っていた。

だから、おそらくこの大男が三人目の英雄であるヴァルトスなのだろう。

だが――そんなことはどうでもいい。

「逆賊が我が父と偉大な皇帝であるヴィティオス陛下を脅《おびや》かすことなど――ガッ⁉」

「悪いな、俺は遊ぶために来たわけじゃねぇんだ」

振り下ろされた大剣をいなし、その首根を力任せに掴み上げる。

「がッ……か、我は、誇り高き、アルテインの、英雄……ッ――」

「俺の前で『英雄』なんて名乗るなら、相応の覚悟《かくご》くらいは持てよ」

ヴァルトスが必死にレイドの腕《うで》を剥《は》がそうとするが、首を掴む力が緩《ゆる》むことはない。

もはや剣《けん》を振るう価値もない。

敵と認識《にんしき》するほどの脅威ですらない。

同じ『英雄』として並び立つことさえおこがましい。

本来の『英雄』とは、何者であろうと比肩《ひけん》できない存在だと純粋《じゅんすい》な『力』で証明する。

「あいつに最期《さいご》の言葉を掛け終わったら、お前が望む形で相手をしてやるからよ」

顔面を紅潮させ、口から泡《あわ》を噴《ふ》いて白目を剥《む》くヴァルトスに向かって告げる。

「――今だけは、俺の邪魔をするんじゃねぇ」

そのまま床に向かって、力のままにヴァルトスの身体を叩《たた》きつけた。

鉄板の床を貫き、ヴァルトスの姿が階下に消えてから断続した破砕音が響き渡《わた》る。

やがて、その音が聞こえなくなったところでレイドはヴィティオスに顔を向けた。

「ヴィティオス皇帝陛下、私は陛下に対して謝罪すべき事案がございます」

かつて仕えていた時と同じように、自身の君主の名を呼ぶ。

「私は友人の訃報《ふほう》を聞いて、友人を送り出すために最後の言葉を掛けなくてはならないと思い、自らに与えられた将としての責務を放棄《ほうき》しました。その職務を全うできず、最期まで祖国への忠義を尽《つ》くすことができなかったことを心よりお詫《わ》び申し上げます」

「な、にを……言っている……？」

「また、卑賤で矮小《わいしょう》な生まれである私の浅慮《せんりょ》によって、ヴィティオス陛下をお救いすることができなかったことを並べて謝罪させていただくために参りました」

言葉を並べ立てながら、レイドは憐憫《れんびん》の込められた視線をヴィティオスに向ける。

「先帝《せんてい》が崩御《ほうぎょ》された後、まだ年若い身の上で皇帝の座に就《つ》いたことを知りながら、私は陛下に対して勝手な期待を抱いてしまいました。いつかヴィティオス陛下が『皇帝』になるだろうという空想を思い浮かべて長い歳月《さいげつ》を過ごしてきたのです」

「だから……何を言っているというんだッ!!」

声を震《ふる》わせながらも、ヴィティオスは必死に声を張り上げる。

「私は紛《まが》うことなき神聖な血筋を継いだ皇族であり、アルテイン帝国十七代皇帝として玉座に就き、老いさらばえるまで皇帝として在り続けていただろうッ⁉」

「それは陛下が自らの血筋によって与えられた、陛下の地位を示す称号《しょうごう》でしかありません。私は陛下に対して『皇帝』で在られることを望んでいたのです」

　おそらく、その意味をヴィティオスは理解できないだろう。

「『皇帝』とは国が無くては成り立ちません。国は民がいなくては成り立ちません。しかし陛下は民を蔑ろにし続け、『皇帝』としての責務を果たそうともせず、今この時を迎《むか》えても『皇帝』としての存在意義を理解するに至りませんでした」

　自身で何も考えることができず、ただ先帝である父の行いを見様見真似《みようみまね》で行うことしかしてこなかった空虚《くうきょ》な人間には理解できないだろう。

「陛下、あなたは今までに殺した臣民のことを覚えておいでですか」

「臣民を殺しただと……？　私がいつ臣民を手に掛けたと言うのだッ⁉」

「陛下の決定によって命を落とした者たち全てです。祖国のために命を懸《か》けて戦った兵士だけでなく、陛下の命令によって粛清された者、陛下の政策や施策《しさく》によって命を失った者、その全てを覚えておいでですか」

「そんな矮小な者たちのことを覚えているわけないだろうッ⁉」

「ええ、理解しております。そうでなければ私共が生きていた時代に行ってきた所行だけでなく、第一世界で行った数々の所行についての説明がつきません」

共に生きた時代だけでも、ヴィティオスは在位期間中に多くの民の命を奪《うば》った。

そして——それは第一世界に渡った後も同じだった。

第二世界の侵略《しんりゃく》という施策によってディアンたちを送り込むために多大な犠牲《ぎせい》を払《はら》い、二つの世界を繋《つな》ぐために人柱となることを命じ、それらが叶わない時には自ら命を絶たせるという非人道的な方法を採った。

それは時と場合によっては正しい選択《せんたく》に成り得るが、今回はその限りではなかった。

新たに『英雄』を作り上げた時もそうだ。

『英雄』という魔法《まほう》は人間によって適合の合否がある。

それを特定の人間……自身の血族である皇族に適合させるために、ヴィティオスはある手段を用いて皇子であるヴァルトスに『英雄』の魔法を与えた。

それは——皇子が適合するまで、他の適合者たちを殺害するというものだった。

『英雄』という魔法は資質ある者に宿ると過去の文献《ぶんけん》に記されている。

それは新たな方法で生み出される『英雄』にも当てはまり、望まない者が適合した場合には適合者の命を奪い、それを繰り返し続けることで特定の人物に『英雄』を適合させた。

そうしてまた、多くの命が奪われた。

そして皇族が『英雄』という強大な力を得ることで、新たに失われるであろう命のことを考えることすらしなかっただろう。

本当に、どこまでも愚かとしか言えない人間だった。

「陛下、私は『英雄』として多くの民を救ってきました。それは思慮《しりょ》無き愚帝《ぐてい》によって玩具《おもちゃ》のように扱われ、無辜《むこ》の民たちが命を散らせるためではありません」

きっと、ヴィティオスの時は止まってしまっていたのだろう。

同じく暴君であった先帝から無下な扱いを受け続けたことで、自身を守るために考えることを止めて、未熟な精神のままに生きるしかなかったのだろう。

「陛下……『皇帝』は民の上に立つからこそ、その一挙手一投足から発言に至るまでの全てに責任が伴《ともな》うものであると私は考えております。それならば——その決定によって多くの命を奪ったのであれば、それに相応しい責務を果たすべきだと愚考致《ぐこういた》します」

冷徹《れいてつ》な声音と共にレイドは大剣を振り上げる。

振り上げられた大剣とレイドが纏《まと》う空気から全てを悟《さと》ったのか、ヴィティオスが力無く項垂《うなだ》れながら虚《うつ》ろな目で呟く。

「なぜだ……私は何も悪くない、ただアルテインの皇帝として相応しく在ろうと――」

「ええ、陛下は何も悪くありません。君主が道を違《たが》えているのであれば諫《いさ》めるのも臣下の役目であり、それに気づいていながら私は役目を放棄し、『いつか善帝になるだろう』と淡《あわ》い希望に縋って見送ってきた私に非があったと存じております」

その言葉はヴィティオスを見送るための餞《はなむけ》だった。

何を言ったところでレイドの言葉は届かない。

『賢者』の訃報を知った時、ヴィティオスから下された命を聞いたことによって、臣民を重んじることを自身の行動で示し、信じて待ち続けた全ては無駄だったと悟った。

この死の間際《まぎわ》にあろうと、ヴィティオスは決して理解できない。

だからこそ、せめて自責の念を抱くことなく安らかに逝《い》かせてやろうと思った。

救いようのない人間であろうと、どれだけ憐れな人間であろうと、たとえ当人だけでなく血筋や環境《かんきょう》や時代が悪かったのだとしても、最期くらい救われるべきだと思った。

それが――アルテイン帝国の君主に仕えた者としての責務だと考えた。

「──レイド・フリーデンの弑逆《しぎやく》をお許しください、ヴィティオス皇帝陛下」


臣下からの最後の言葉を掛けてから──レイドは大剣を振り抜いた。

床の上で鈍《にぶ》い音が生まれたところで、レイドは静かに目を伏《ふ》せる。

たとえ心から気に食わない、多くの者たちから暴君と呼ばれた悪逆非道の愚帝であったとしても、自身が仕えた君主であったことには変わりない。

だからこそ、臣下であったレイド自身の手で決着を付けたかった。

救いようのない君主を自身の手で救ってやれなかったことが心残りだった。

それを果たすことで、祖国である『アルテイン』と心から決別できただろう。

だが──これで終わりではない。

「さて、残っている仕事を片付けるとするか」

大剣の血を振り払ってから、部屋の片隅《かたすみ》に縮こまっている人間に視線を向ける。

「おい、そこのおっさん」

「貴様その口の利《き》き方《かた》はなんだ!? この私は誇《ほこ》り高きアルテイン皇族──」

「おいなんだこの既視感《きしかん》。アルテインの皇族が全員こんな感じなら、本気で全員首を刎ねて根絶やしにしないといけなくなるじゃねぇかよ」

「ひいッ⁉　すみませんすみませんッ‼　先ほどの会話からレイド・フリーデン様とお見受けしますが、彼《か》の偉大な賢者様に無礼を働いたことを深く陳謝致《ちんしゃいた》しますッ‼」

先ほどの態度から一転して、皇族の一人らしき男が頭を下げながら身体を縮ませる。

皇族としての誇りはどうしたと言いたいところだが、ヴィティオスに全てを委ねていたところを見る限り、現在の皇族は能力的にも精神的にも長年の時で成長するどころか大きく衰退《すいたい》する結果を辿ったのだろう。

だが、今はそんなことを気にする必要はない。

「今すぐアルテイン軍の兵士に停戦を命じろ。それと皇族を含《ふく》む政治的に発言権を持つ立場の人間を全て集めておけ」

「ま、まさか……我々を本気で粛清しようと……ッ⁉」

「そんなことするかよ。俺《おれ》と因縁《いんねん》があるのはヴィティオスだけだし、それ以外の人間に手を加えるようなつもりは一切ない。むしろ――これからお前たちにする話は、この滅《ほろ》びつつある第一世界において、お前たちが確実に生き残れる方法の提案だ」

そう告げてから、レイドは口元に笑みを浮かべる。

「お前らには――未来と引き換《か》えに、アルテインという国を売ってもらう」

終章

帝都での戦闘《せんとう》が完全に終息したことを確認《かくにん》した後。

レイドはアルテインの皇族を含んだ貴族たちを集めて提案を行った。

「――我々に『楽園』の地を明け渡す、ですと？」

そう前皇帝が眉根《まゆね》を寄せながら復唱する。

「そうだ。アルテイン皇族、並びに帝国内で発言権等を持つ家門の人間に対して『楽園』に移住する権利を与《あた》える代わりに、現行のアルテインという国を解体して一時的に俺たちの統治と管理下に置かれてもらう」

「そんな馬鹿なッ！　長きに亘《わた》って続いた国を明け渡すだけでなく解体しろとッ⁉」

「第一世界に広がっている汚染魔力《おせんまりょく》に対処するためには必要なことだ。様々な方面で人員や兵士が必要になるし、現行の体制を維持したままだと許可を取るだけでも無駄な時間や労力を取られることになる。指揮系統を整えて問題解決のために迅速な行動と対応を取るためには国ごと解体した方が手っ取り早いってわけだ」

「……御言葉ですが、フリーデン様を含む御一行《ごいっこう》に皇族が有する最高権限を一時的に委譲《いじょう》するだけで事足りるのではないでしょうか？」

「それだと俺たちが第一世界を救済するっていうメリットがない。いくら『英雄』だろうと『賢者』だろうと、無償《むしょう》で世界を救ってこいと言われて首を縦に振るほどお人好《ひとよ》しじゃない。だから世界の救済っていう唯一無二《ゆいいつむに》の功績に対する褒賞《ほうしょう》として、俺たちと『楽園』の者たちに対して『国』を提案しているわけだ」

「……では、もしも世界の救済が果たされなかった場合はどうなさるのでしょうか」

「その場合は俺たちが人類皆諸共《みなもろとも》で死んで、お前たちだけは『楽園』の中で生き延びることができるってだけの話だ。そこでまた国でも何でも興《おこ》せばいいだろうしな」

「これは疑っているのではなく確認ですが……本当に『楽園』の地は汚染魔力や『災厄《さいやく》』などの脅威に対して絶対の安全が保証されている地なのですか？」

「必要なら滞在《たいざい》中に集めた情報を提示できるし、実際に今も暮らしている『楽園』の人間を帝都まで連れて来て面会させることもできる。少なくとも俺たちは単独で『災厄』を相手にできる戦力を有しているし、実際に『楽園』へと到達《とうたつ》できたことも証明できる。その道中における護衛や脅威の対処も可能で、移住等が完了するまでは安全も保証しよう」

「では、救済後の世界における我々の立場はどうなるのでしょうか？」

「外に出て人類と共に生きてもいいし、『楽園』に永住する形でも構わない。こちらの条件に同意するなら皇族に『楽園』の権限を全て移譲《いじょう》したって構わないさ」

「つまり……移住すれば、今と同じ身分には戻れないということですか」

「そもそも国を解体するわけだしな。だけど本当の実力者なら同じ身分に戻るのは難しくないだろうし、救済後の世界では誰もが平等でまっさらな状態である故に、そこから多くの利権を得る機会がある。そこで機会を掴《つか》み取れるかどうかは自分たち次第《しだい》だ」

「『楽園』にて生活できる人間の上限はどの程度なのでしょうか」

「現在の住民は五百人前後だが、土地の広さと生活状況だけで言えば倍の千人程度までは収容できると考えている。だから連れて行くのなら自身の血族のみで、使用人等を連れて行く余裕《よゆう》はないと考えてもらっていい。解雇《かいこ》することになる使用人たちへの補償《ほしょう》や今後の働き口に関してはこちらで斡旋《あっせん》するつもりだ」

事前に想定していた質疑に対して、レイドは淀《よど》みなく回答していく。

それでも会議には長い時間を要することになった。

この話は『楽園』の時と同様、大きな決断が必要となる場面だ。

自身の祖国を解体するというだけでなく、アルテインという国を動かしてきた権力者としての立場、それまでに成《な》した財や影響力《えいきょうりょく》も捨てろと言われたら誰でも迷う。

まして、その権力や財にすがりついて生きてきた人間たちならなおさらだ。

だが――そういった人間の扱いについてレイドは誰よりも慣れている。

どんな言葉や態度を望んでいるかも理解している。

「そっちから見たら俺は『賢者』と呼ばれていた人間だ。既に相応の解決策や手段は考案しているし、人手や情報があれば実現も難しくないと見ている。ただし絶対ではない」

目を伏せ、少しの間を置いてからレイドは会議に集った面々を眺める。

「成功でも失敗でも、どちらにせよアルテインという国は消えることになる。だが……生き残っていれば、再び国や力を得る機会は残される。それができるのは一時的に『楽園』という安全地帯に身を置く以外に方法はない」

「……それは重々承知しておりますが、やはり難しい決断ではありますな」

「それも理解している。だけど作戦を進めるためには確実に生存できる『楽園』への移住を先に済ませなくてはいけない。その後に戦闘が激化したら移住もできなくなるからな」

「では、この場の全員が『楽園』への移住を拒《こば》んだとしたら？」

「その場合は『楽園』を統治してきたランバット一族に加えて、希望者の中から平等に選出して移住権を与える予定だ。先にも言ったが、移住を済ませてからじゃないと大規模な計画に移れないし、その後は移住者を変更《へんこう》することもできない」

そして、レイドは静かに頷いてから告げる。

「これを皇族と近しい人間に対して最初に提案したのは、今まで国を統治してきた者たちに対する礼節を重んじた結果であり、一時的に国を間借りすることに対する謝礼みたいなものだ。だから優先的に移住権の取得を提案させてもらっている」

なぜ人間は地位や権力を欲《ほっ》して求めるのか。

それは大多数が『他者からの優越感《ゆうえつかん》』や『他者とは異なる扱い』を求めるからだ。

だからこそ――

「――だから、『後世を作る特別な人間』になりたい奴《やつ》は挙手してくれ」

そう、笑《え》みを浮《う》かべながら告げた。

◇

一週間近くの協議を経て、アルテインの皇族と上層部は『楽園』への移住を決めた。

その後、移住の準備を整えて完了するまでに二週間を要した。

先行したレイドたちが『落とし子』の処理を行い、事前に『楽園』へと連絡《れんらく》を入れて巨人たちに周囲の掃討《そうとう》を行わせたことで、移住者たちは無事に移住を完了した。

そして、元から『楽園』にいた住人たちを引き連れて帝都《ていと》へと戻り――

「――わぁーっ！　お城っ！　でっかいお城なのですーっ‼」

中心にある皇城を見て、ノルンがぴょんぴょんと跳《は》ねながら目を輝《かがや》かせていた。

「ここが今日からノルンたちのお家になるのですかっ⁉」

「ああ、好きに使っていいぞ。状況が終わるまで『楽園』の住民たちは皇城と移住した貴族たちの屋敷《やしき》を間借りさせてもらう予定だ」

「おおーっ！　ところで、なんであそこに大きな椅子《いす》が置いてあるのです？」

「ノルン専用の椅子みたいな感じだ」

「なるほどっ！　それじゃ座《すわ》り心地《ごこち》を確かめておくのですっ！」

そう素直《すなお》に頷いてから……ノルンは玉座に向かって走っていった。

実際、その玉座は全てが終わった後にランバット一族へと譲渡《じょうと》される。

今後は建造される『世界樹』に関しての知識をノルンに学んでもらい、周囲の補佐を受けながら新たな国を築き上げていくことになるだろう。

それが上手《うま》くいくかどうかは分からない。

だが——本来なら『未来』とはそういうものだ。

既に先が見えている、滅ぶことが決まっている未来などあるべきではない。

そして先行きが分からないということは、いくらでも変わる余地があるということだ。

それが定められていた世界の滅亡《めつぼう》を回避《かいひ》し、アルテインではない新たな統治者によって善良な国が築き上げる未来に変われればいい。

そうレイドが考えていた傍《かたわ》らで——

「ううう っ……まさか、私の一族がこんな形で大出世するとは……っ!!」

玉座の上ではしゃいでいるノルンを見て、ミリスがだばだばと涙《なみだ》を流していた。

「私が超絶《ちょうぜつ》適当に言った『お城が建っているかもしれない』という願望が叶《かな》うなんて、その瞬間《しゅんかん》を自分の目で見ることができる幸運に涙が止まりませんッ!!」

「建てたっていうか奪ったってのが正しいけどな」

「はいそこ私の感動を壊《こわ》さないでもらえますかねッ!!」

「ん、ついでに言えば全ての状況が終わったら残存人類は中央大陸に戻って、この城とかも放棄するから、後で解体されて最終的には跡形《あとかた》も無くなると思う」

「私に夢が叶った瞬間だけでなく砕《くだ》け散る瞬間まで目にしろと……ッ!?」

「ふむ、それなら移った後に城でも建てればいい。それこそノアバーグの地でな」

「あー、巨人《きょじん》たちいるから建造とか簡単そうよねぇ。本当にノアバーグが未来で首都になる可能性とか出てくるんじゃないかしら？」

「だけど汚染魔力が消えるとリスモールたちがどうなるか分からないから、今はそっちの研究も進めてる。『落とし子』は無理だろうけど、『災厄』が魔獣《まじゅう》の変種や環境に適応させるために魔法で進化を促《うなが》した形だったら、元に戻せる可能性もゼロじゃない」

そうエルリアがふんふんと頷きながら答える。

レイドとアルマが移住の護衛として就いている最中、エルリアたちは帝都に留《とど》まることで汚染魔力の調査と研究を進めていた。

汚染魔力についての研究は第一世界側でも進めていたことから、その研究資料を参考にすることで『落とし子』や『災厄』などの情報についても仔細《しさい》に得ることができた。

そちらの研究を進めることができれば、既に失われた自然体系や動植物の再生や復元の可能性も出てくるため、救済後の世界でも早く環境を整えることができることだろう。

「だけど……本当に閣下って悪いところは悪いわよねぇ……」

「いきなりなんだ。俺が何かしたか？」

「皇族やら権力者を『楽園』に移住させたことよ」

「別に何も悪くないだろ。安全が確約された場所を提供してやったんだから」

「安全が確約されているってだけで、そこでの生活は保証しないってのがねぇ……。特権階級の人間が普段《ふだん》の贅沢《ぜいたく》な生活から、正反対の田舎《いなか》暮らしとか無理でしょ」

『楽園』は絶対の安全と恒久的《こうきゅうてき》な生活が約束されている場所とはいえ、そこでの生活は以前までとは正反対の質素なものに変わる。

今まで使用人たちに行わせていたような仕事を自分たちで行う必要があるため、中には生活が苦になる人間も出てくることだろう。

だが……それも全て見越《みこ》した上でレイドは提案していた。

「だから俺は強制じゃなくて『提案』って形にしたんだよ。そんな簡単なことさえ理解できない奴なら役に立たないどころか邪魔《じゃま》にしかならない。どんな組織や国でも瓦解《がかい》する原因は強大な敵じゃなくて無能な味方だ」

今後のために指揮系統の一本化や権限が必要だったというのは嘘《うそ》ではないが、国の解体と権力者たちを『楽園』に移住させたのは不安要素の排除《はいじょ》だ。

権力や立場を持つ人間が計画そのものに口出しする場合だけでなく、世界や人類の存続よりも自分の利益や立場を利用して余計な横槍《よこやり》を入れてくるような自分本位の人間がいると、余計な手間や労力を割《さ》く必要が出てくる。

端的《たんてき》に言ってしまえば、これは邪魔な人間を炙《あぶ》り出すために行ったことだった。

「自分たちの安全な立場に目が眩《くら》んで、『楽園』で生活することや今後も生活していくっていう先のことを想定できない奴らとか、足手まといどころか確実に邪魔だろ？」

「まぁ残しておいても面倒《めんどう》事だけ増やしそうではあるわよねぇ……」

「そういうことだ。こっちが世界を救うために奔走《ほんそう》してるってのに、邪魔するか文句を垂れるような奴らがいたら全体の士気にも関わってくるしな」

「だけど、該当者《がいとうしゃ》の中には移住を辞退する人間もいたわけよね？」

「そういう奴らは少なからず先のことについて考えるだけの頭があるし、俺たちに成功してもらわないと心中することになるから逆に協力的になる。今後の流れについても説明を行ったから余計な口出しする奴らはいないだろうさ」

　第一世界において『レイド・フリーデン』という名前には大きな影響力がある。

　そのレイド自身が説明を行い、なおかつ『英雄《えいゆう》』という強大な戦力の一人でもある以上、余計な口出しをせずに静観しつつ、必要に応じて協力する方が最善で後々に恩が売れると判断できるだろう。

「ついでにそういった奴の中で自主的な協力を申し出たり、物資や場所の提供を申し出てくれた奴は今後も信用できる。そいつらを暫定的《ざんていてき》なランバットの補佐として見繕《みつくろ》えば国が立ち行かないってことにはならないだろうしな」

「世界を救う片手間で人材まで見繕ってるとか余裕ありすぎるでしょ……」

「実際のところ余裕はできたしな。指揮権と人員の確保、安全な活動拠点《きよてん》……それに加えて、最も必要だった情報についても目処《めど》が立った」

そう言って――レイドは傍らに置かれた箱を軽く叩く。

厳重に保護と防護の魔法が掛《か》けられている保管箱。

もう一人の『レイド・フリーデン』が記したという過去の遺産。

「――『賢者《けんじゃ》の遺稿《いこう》』に何が書かれているのか、確かめてみようじゃないか」

あとがき

平素よりお世話になっております、藤木《ふじき》わしろです。

今回はページが限られているので、簡潔かつ明瞭な一言を皆様にお伝えします。


五巻遅くなって本当にすみませんでしたァァッッッ!!


もう魂からの叫びです。体調不良とはいえ〆切を破るのはダメ。ヨクナイ。

読者だけでなく各所にも迷惑なので、本当に気を引き締めて頑張ります。はい。

その分、今作も楽しんでもらえるように頑張りましたので何卒お許しを……ッ!!

そして担当編集様、イラスト担当のへいろー様、その他今作に携わってくださった方々に、手に取って読んでくれている読者の方々。

至らぬ身ですが、もう少しだけ今作にお付き合いいただければ幸いです。

藤木わしろ

HJ文庫 https://firecross.jp/
1167

英雄と賢者の転生婚 5
～かつての好敵手と婚約して最強夫婦になりました～

2024年6月1日　初版発行

著者――藤木わしろ

発行者―松下大介
発行所―株式会社ホビージャパン
〒151-0053
東京都渋谷区代々木2−15−8
電話　03(5304)7604（編集）
　　　03(5304)9112（営業）

印刷所――大日本印刷株式会社

装丁――木村デザイン・ラボ／株式会社エストール

ISBN978-4-7986-3548-4　C0193

ファンレター、作品のご感想お待ちしております

〒151−0053　東京都渋谷区代々木2−15−8
(株)ホビージャパン HJ文庫編集部 気付
藤木わしろ 先生／へいろー 先生

アンケートはWeb上にて受け付けております

https://questant.jp/q/hjbunko

- 一部対応していない端末があります。
- サイトへのアクセスにかかる通信費はご負担ください。
- 中学生以下の方は、保護者の了承を得てからご回答ください。
- ご回答頂けた方の中から抽選で毎月10名様に、HJ文庫オリジナルグッズをお贈りいたします。